黒猫王子の喫茶店

お客様は猫様です

高橋由太

角川文庫
20307

目次

ネコ（猫）は、狭義にはネコ目（食肉目）-ネコ亜目-ネコ科-ネコ亜科-ネコ属-ヤマネコ種-イエネコ亜種に分類される小型哺乳類であるイエネコ（家猫、学名：Felis silvestris catus）の通称である。日没ごろから人間に変身することができるが、他の人間の肌に触れると猫に戻る。イケメンが多い。

『クルミペディア』より

黒猫とカフェ・ド・ポム

カフェ・ド・ポム　Café De Pomme

コーヒーにブランデーとリンゴ果汁を加え、リンゴの薄切りを浮かべたもの。香りがよく、口当たりもよい。

1

財布をひっくり返すと、千円札二枚と何枚かの硬貨が落ちてきた。ちゃりん、ちゃりんと空しい音が響いた。

アパートのテーブルの上に並べてみたが、二千五百円にも届いていなかった。部屋中を探したって、それだけしかない。手もとにある全財産である。

「……まずい」

間下胡桃(ましたくるみ)は分かりきったことを呟(つぶや)いた。

二千五百円の価値は、年齢や境遇によっても違う。小学生ならば十分だろうし、給料日を明日に控えたサラリーマンなら笑い話で済むかもしれない。

だが胡桃は、小学生でもサラリーマンでもなかった。あと二ヶ月もすると、二十八歳になる。ばりばりのアラサーだ。付け加えると、独身。埼玉県川越(かわごえ)市の賃貸アパートで一人暮らしをしている。笑い話で済まない年齢と境遇であった。

銀行にいけば、さすがにもう少しあるが、文字通り謙遜(けんそん)抜きの「もう少し」で、全額を下ろしても千円札と小銭が増えるだけ——一万円どころか五千円も口座に入っていなかった。

ここ数日、節約のためにもやしと納豆ばかり食べている。お通じがよくなり肌が綺麗になったが、貯金は減る一方であった。スマートフォンの料金が払えず止められた。先月分の年金も払えず、月末には家賃の支払日がくるが払えるあてはない。

胡桃は無職だった。——ずっと働いていないというわけではない。話は六ヶ月ほど前に遡る。そのころ、胡桃は契約社員として出版社で働いていた。

名前を言えば誰もが知っている有名な出版社だ。文芸だけでなく漫画でもヒットを飛ばしている。名作と呼ばれる映画も作っている。銀座駅から歩いていけるところに巨大な本社ビルがあり、その他にもいくつもビルを持っている。日本を代表する大手出版社と言っていい。正社員でないにしても、名の通った会社で働いているという満足感があった。

だが、その満足感は蜃気楼のように儚いものだった。職を失った経緯は、二行で説明できる。

出版社がどこぞの企業と経営統合をした。
経営の合理化の名のもとに解雇された。

改行しなければ一行だ。事業形態だか経営方針だかが変わって、契約社員がクビを切られるのは昨日今日始まったことではない。正社員だってリストラされている。四十歳を超えた正社員が、何人も首を切られた。二十代契約社員の胡桃がリストラされるのは、むしろ当然だったのかもしれない。

ただ納得できないこともあった。

一生懸命に働いたって正社員になれるわけないし——そう言ってサボってばかりの契約社員仲間がいたが、なぜか彼女はリストラされず正社員になった。残業や面倒な仕事を押しつけられたのは、一度や二度ではない。適当に手を抜く要領のいい者が生き残った。

とにかく胡桃は失業した。有名出版社から追い出された。

「ご苦労さま」

そんな一言で、五年間勤めた会社に縁を切られた。ちなみに、その台詞(せりふ)を言ったのは、正社員として残った要領のいい女だった。思い出しても腹が立つ。

退職金はもらえたが、契約社員だったので雀の涙ほどしかなかった。再就職の世話どころか送別会もしてもらえなかった。

大多数の社員たちは、胡桃がいなくなったことに気づきもしないだろう。入社していたことさえ気づいていなかったのかもしれない。大手出版社にとって、胡桃はちっぽけな存在だった。いてもいなくても変わらないという意味では、透明人間みたいなものだ。

ちっぽけな存在だろうと透明人間だろうと、人生は続く。お金を稼がなければ生きていけない。再就職しようと頑張った。失業給付をもらいながら、新しい仕事を探した。ハローワークに通い、インターネットの求人サイトを端から端まで見た。求人雑誌も買ってきた。

残念なことに、求人そのものが少なかった。世の中が変わろうと、職探しは新卒が圧倒的に有利である。経験者を募集している出版社もあるにはあったが、そこで言う経験者とは即戦力になる人材のことだった。コピー取りやお茶汲み、宅配便の手配ばかりやっていた胡桃は、経験者の仲間に入れてもらえない。応募しても面接に辿りつけなかった。

出版業界以外の未経験者歓迎の仕事も検討した。求人があるにはあったが、募集しているのは契約社員やアルバイトばかりだった。短期の募集も多く、給料も少なかった。先立つものがなければ暮らしていけない。

「家賃払わなきゃ……」

再び独りごちた。家賃だけではなく、国民年金や国民健康保険、電気代、水道代、インターネットの料金も払わなければならない。失業給付がもらえるのは今月で終わりだ。完全に収入がなくなる。このままではアパートから追い出される。保険証が使えなくなってしまう。

「どうして、こんな目に」

泣きたい気分だ。無駄遣いをしたわけでもなければ、仕事をサボったわけでもない。学生時代の成績も悪くなかった。普通に生きてきたはずなのに、ホームレスの一歩手前まで追い詰められてしまった。

どこで道を間違えたのか分からない。この先、自分はどうなってしまうのだろう？どんなに頑張っても、普通の人生を取り戻せない気がした。

詰んでいる。

終わっている。

そんな言葉が脳裏をよぎった。目の前が真っ暗になった。胃のあたりがシクシクと痛んだ。パソコンの画面――転職サイトを見ているのが辛い。

肩が凝って首筋が強張っている。パソコンのディスプレイをずっと見ていたせいか、頭の奥が痛かった。

息が詰まって死んでしまいそうだ。酸欠になった金魚の気持ちがよく分かった。

「く……空気が重い……」

逃げるように部屋を出た。新鮮な空気を吸いに。

2

　胡桃は川越市で生まれた。

　大学こそ東京都まで通っていたが、ずっと川越市で暮らしている。生粋の川越っ子である。

　最初から一人暮らしだったわけではなく、両親と三人で暮らしていた。

　胡桃が大学を卒業した年、川越市役所に勤めていた父が定年退職した。それを待っていたように、田舎の祖父が倒れた。年老いた祖母を一人にしておけず、父は母と二人で生まれ故郷に引っ込み、年金暮らしをしている。

　それまで家族三人で暮らしていたマンションは賃貸だった。胡桃一人で暮らすには広く、家賃も高すぎた。手頃な広さと値段のアパートを借りて、引っ越した。

　ちゃんと一人でやっていけるのか、と両親に何度も聞かれた。そのたびに、「大丈夫」と答えたが、全然大丈夫じゃなかった。

　リストラされたことは、まだ伝えていない。事情を話せば援助してくれるだろうが、年金暮らしの父母に無理をさせたくなかった。

　大人としてのタテマエ以外にも、失業したと言えない理由があった。

「身を固めたらどうだ？」

口癖みたいに、父は言った。二十五歳をすぎたあたりから、電話をするたびに見合いを持ちかけられる。

見合いが悪いというわけではないが、まだ結婚するつもりはなかった。いつの間に、そんな年齢になったのだろうと首を捻りたくなる。知らないうちに大人になってしまった。「歳月人を待たず」という諺の意味が身に染みて分かった。一寸の光陰軽んずべからずである。

とにかく、仕事を見つけてお金を稼がなければならない。


外に出たついでに散歩にいくことにした。

小江戸と呼ばれる川越は、散歩に向いている土地柄である。気分転換には持ってこいだ。失業している間に、世の中は九月になっていた。立秋がすぎ夏休みも終わった。ただ、まだ外は蒸し暑く空はどんより曇っていた。秋の訪れは遠そうだ。

雨が降るかもしれないと思いながら、大正浪漫夢通りを抜けた。胡桃のアパートは川越商工会議所の近くにある。

知らない人はびっくりするだろうが、商工会議所の建物は観光名所の一つだ。パルテノン神殿を思わせる建物で、国指定有形文化財になっている。たいていの観光案内には掲載されていて、スマートフォンやデジカメで写真を撮って帰る観光客も多い。

その商工会議所の前を通り、新河岸川(しんがしがわ)に向かった。現実逃避と知りつつ、足の向くまま気の向くまま、新河岸川沿いを歩いた。

川沿いには、五百メートルに亘(わた)ってソメイヨシノが植えてあり、四月上旬には薄紅色の花が咲きみだれる。花見客で賑(にぎ)わうが、九月の今は誰もいない。他人に気を遣うことなく、のんびり歩くことができた。

そんなふうに散歩していると、今度は氷川(ひかわ)神社が見え始めた。こちらも観光名所として有名だ。

川越氷川神社は今から約千五百年前、古墳時代の欽明(きんめい)天皇二年に創建されたと伝えられ、縁結びの神様として信仰を集めている。

縁結びとは、普通、男女の縁を結ぶことを言う。電子辞書の広辞苑(こうじえん)にもそう書いてある。

男女の縁に興味がないわけではないが、今はそれより結んで欲しい縁があった。困ったときの神頼み。鳥居をくぐり参拝した。

「仕事が見つかりますように」

二拝二拍手一拝。

柏手(かしわで)を打ってお辞儀すると、いきなり気分が明るくなった。神社にくると心が洗われる。いいことが起こりそうな気がした。単純と言われようが、前向きにならなければやっていられない。無職のアラサー女子にだって希望が必要だ。

きっと仕事が見つかる。私は大丈夫、家賃も払える、と自分に言い聞かせながら拝殿を後にした。

鬱蒼（うっそう）とした鎮守の森を眺め、境内を流れる小川のせせらぎを聞き、氷川神社の喫茶店『むすびｃａｆé』をのぞいた。縁結びをテーマにしたカフェである。ホームページには、こう書かれている。

> 川越氷川神社は、「結びの神さま」。
> 1500年ものあいだ、多くの「結び」を見守ってきました。
> 「むすび（産霊）」とは本来、「新しいものをうみだす、目に見えない力」のこと。人と人、人とモノ、モノとコト……それぞれが出会うことで、あらたな幸せが生まれること。

メニューも、しあわせな意味をもつ渦巻き模様の『むすびロール』など、こだわりの逸品が多い。スイーツだけでなくランチもおすすめだ。

持ち合わせがないので、店の中には入らなかった。美味（おい）しそうなケーキにうしろ髪を引かれながら、氷川神社を後にした。貧乏は悲しい。腹の虫も泣いている。

ケーキは食べられなかったが、美しい風景は続く。例えば、氷川神社の脇を流れる新河岸川の土手には、草木が生い茂り、昔ながらの風情が残っていた。氷川神社が近くにあるせいか、時代に取り残されているというより、時の流れから守られているように感じられる。川面を見るたびに穏やかな気持ちになった。預金通帳と真逆の存在である。

厳しい現実から目を逸らし新河岸川を眺めていると、あってはならない物体が目に飛び込んできた。

「あんなところにダンボール箱が――」

ネット通販でお馴染みのダンボール箱だった。十キロの米が入りそうな大きさで、見おぼえのあるローマ字のロゴが見える。中州――川の土砂が積もったところに引っかかるように置かれていた。

「どうして、あんなところに……」

風情だけでなく穏やかな気分も消し飛んだ。現実に首根っこを押さえられた気分になった。

クレジットカードの請求額が思い浮かんだ。先月も、米だのトイレットペーパーだのと買い物をした。たいした金額は使っていないが、収入のない身の上である。

「大丈夫……。引き落とされてるよね……」

銀行口座の残高に思いを馳せながら、自分を納得させるように呟いた。今月は大丈夫だとしても、来月の引き落としはどうしよう。どんなに節約しようと、霞を食べて生きてはいけない。生きているかぎり引き落としは続く。

考え込んでいる胡桃の耳に、動物の鳴き声が聞こえた。

「にゃん」

ん？

猫？

川越市には猫が多く鳴き声など珍しくもないが、妙な方向から聞こえた。川の中から。

その方向に目を向けると、真っ黒な猫がダンボール箱の中にいた。

「なんでそんなところに？」

思わず呟いてしまったが、猫がダンボール箱に入り込むのは、まあよくあることだ。猫はダンボール箱や家具のすき間が大好きである。土手に捨てられたダンボール箱の中で遊んでいるうちに、箱ごと流されてしまったのかもしれない。

もちろん、ダンボール箱に入れられて捨てられた可能性もある。今時そんなことをする人間もいないと思うが、世の中にはいろいろな人間がいる。悪意のある人だっているだろう。

ただ虐待されてはいないらしく、黒猫は元気そうだった。顔をひょこひょこ出しながら、こっちを見ている。

しかし、土手まで帰ることはできないだろう。昨日一昨日と大雨が降ったせいで、いつもより水かさが増し、流れも速くなっていた。

ニュースでは台風が近づきつつあると言っていた。そのせいもあるのかもしれない。荒れそうな空模様だ。放っておいたらダンボール箱ごと流されてしまいそうな気がする。川で溺れる黒猫のイメージが思い浮かんだ。

周囲を見渡しても誰もいない。人通りもなければクルマも通らない。黒猫を助けられるのは、胡桃しかいなかった。息抜きに散歩にきただけなのに、黒猫の運命を委ねられてしまった。

「どうして、こうなるのよ?」

文句を言ったが、事態は好転しなかった。それどころか悪化した。ポツリポツリと雨が降り始めた。

「最悪すぎる……」

胡桃は天を仰いだ。空は真っ暗だった。

地球温暖化現象の影響なのか、台風の影響なのか、ここ最近の雨はかなり激しく降る。道路が冠水したり、駅が水浸しになったりしていた。この新河岸川が氾濫することも、ないとは言えない。

その予感は的中した。あっという間に雨が強くなり、ザーザーと土砂降りになった。まるで雨台風だ。

傘を持ってきてはいるが、あまり役に立たない。早くも肩が濡れ始めていた。九月の雨は生ぬるく、不快だった。

こんなところに立っていたら、ずぶ濡れになってしまう。

病院にいくお金もないのに、風邪を引くのはバカらしい。貧乏はサバイバルゲームだ。小さなミスが命取りになる。無職になってから病気一つせず丈夫になったが、それでもずぶ濡れになるのは危険だ。寝込んでしまったら就職活動が滞る。

「猫を助けてる場合じゃないから」

自分に言い聞かせるように言ったが、胡桃の足は動かなかった。

黒猫に責任を感じていた。無駄な責任感の持ち主、と働いているときも言われた。ただそれは責任感が強いのではなく、気が弱いだけだと思うが。とにかく川に流されかかっている猫を見捨てることはできない。

「助けて欲しいのは、こっちのほうよ」

呟いた台詞は、雨音に掻き消された。

黒猫と再び目が合った。このまま帰ったら、夢に出てきそうだ。ネット通販を利用するたび、黒猫のことを思い出してしまう気がする。悪夢はリストラだけで十分だ。これ以上ストレスを抱えたくなかった。

「仕方ない……」

最初から、すべきことは分かっていた。自分の性格は、自分がいちばんよく知っている。子供のころから損ばかりしてきた。面倒事を押しつけられるのは、今に始まったことじゃない。

三つ子の魂百まで。バカは死ななきゃ直らない、という言葉と同じくらい腹立たしい嫌な諺だ。

降りしきる雨の中、胡桃は川岸に下りた。

3

猫を助けると決めたはいいが、傘を差しながら土手を下りるのは楽ではない。強い雨のせいで視界は悪く、雨水が歩道から流れ落ちてくる。階段らしきものはあるが、水浸しになっていた。

「どこの国の雨よっ!?」

文句を言ったとたん、足を滑らせコケた。

転げ落ちずに済んだが、土手の真ん中あたりで額を打ちつけてしまった。あまりの痛さに泣きそうになる。

「どうして、私がこんな目に……」

お参りしたのに、ろくなことがない。神様に見捨てられた気分だった。泣きべそをかきながら泥だらけになった額を撫でていると、妙なものが目に飛び込んできた。

膝丈ほどの小さな祠だった。のぞき込むと、猫の石像が中に納められていた。招き猫に似た感じで、右の前足を挙げている。

生まれて初めて見る石像だった。草木に埋もれるようにして、土手からも河原からも見えないようになっている。隠れているようにさえ見えた。

こんなところに放置されているにもかかわらず、猫の石像はまったく汚れていなかった。苔も生しておらず、泥もついていない。雨に打たれている姿は神々しくさえあった。

「猫神さま……？」

呟いた瞬間、時間が止まった気がした。そして石像と目が合った。

「そんなわけあるかっ！」

自分で自分に突っ込み、頬を叩き気合いを入れた。石像を眺めている場合じゃない。

「猫を助けるんだって！」

それから就職活動を再開しなければならない。末永く勤めることのできる職場を見つけなければならない。

「上手くいきますように」

深い意味もなく、目の前の石像に手を合わせた。すると、タイミングよく、どこかで鐘が鳴った。川越は寺社の町でもあるので鐘の音は珍しくない。

ゴオオンではなく、ニャオオンと聞こえたのは、きっと気のせいだろう。雨のせいで、そう聞こえたのだろう。

鐘の音のことも石像のことも忘れ、再び土手を下り始めた。

悪戦苦闘の末、河原に下りることはできた。その代償は大きく、服から靴まで――付け加えると下着まで、ぐっしょり濡れてしまった。

土手で転んだときに、傘を差すのはやめている。今さら差す意味もない。これからが本番だ。

川岸に傘を置き、黒猫の入ったダンボール箱に近づいた。もちろん歩道があるわけではない。川の中にざぶざぶと入った。

予想を超えて川の流れは激しく、そして深かった。膝のあたりまで水に浸かってしまった。ここで死んだら『リストラを苦に入水自殺』とか『貧困に耐え切れず命を絶つ』とニュースになりそうだ。インターネットで個人情報が垂れ流しになるところまで想像した。勤めていた出版社や父母の名前も書かれる気がする。

「冗談じゃないから」

死んでたまるかと気合いを入れ直し、前を見ると、中州がさっきより小さくなっている。ダンボール箱も濡れていた。雨がやむまで持ちそうにない。

やっぱり助けにきてよかった。

胡桃は黒猫に近づいた。

黒猫が目を見開き、こっちを見た。胡桃を警戒しているようにも見える。

「助けてあげるんだから、引っ搔かないでよ」

猫に言葉が通じるとは思えないが、とりあえず釘を刺した。もちろん黒猫は返事をしない。じっとこっちを見ている。生意気な顔をしていた。ただ顔立ちは整っている。すらりとした体形といい、猫の世界ではイケメンなのかもしれない。

猫がイケメンだろうと、どうでもいい。大切なのは引っ搔かれないことだ。

「引っ搔いたら、猫鍋にして食べちゃうからね」

食っちまうぞーと口を開けて脅しつけた瞬間、胡桃の腹がぐるると鳴った。びっくりするくらい大きな音だった。そういえば、朝から何も食べていない。胡桃は空腹だった。

「にゃ……」

黒猫が口を開けた顔で固まった。身の危険を感じているように見える。いくら胡桃が貧乏でも猫を食べやしない。

「あのね――」

言い訳しようとしたとたん、再びぐるると鳴った。

黒猫が軽く身を引いた。くそっ。

猫に警戒されるのは不本意だが、引っ掻かれるよりずっといい。そう思うことにした。これ以上、踏んだり蹴ったりを増やしてたまるか。

「食べられたくなかったら、おとなしくしてるのよ」

自棄くそに脅しつけ、黒猫を抱えた。

脅し文句が効いたのか引っ掻かれなかった。おとなしく抱かれている。雨に濡れているにもかかわらず、毛並みのいい黒猫だった。仔猫ではなく成猫らしくそれなりに重い。

救出は成功した。黒猫をダンボール箱から助けることができた。さて、これからどうしよう？

眉間にしわを寄せた。

胡桃が暮らしているのは、普通の賃貸アパートで、ペットを飼うことは禁止されている。猫を部屋に入れるところを見られたら、即座に追い出されるだろう。内緒で部屋に連れていく度胸はなかった。

猫を預かってくれそうな知り合いも思い浮かばない。大学も就職も東京都だったので、地元の友人たちとは疎遠になっている。頼れる人はいなかった。

だからといって、この雨の中、拾ったばかりの黒猫を置き去りにすることはできない。保健所に連れていくのは論外だ。

「……とりあえず陸に上がってから考えるか」

もっともらしく理屈をつけてみたが、問題を先送りにしただけである。出版社に勤めていたころも問題の先送りは得意だった。

再び、ざぶざぶと川を渡り川岸に辿り着くと、置いてあったはずの傘が消えていた。風に飛ばされたのか川に流されたのか。

「大切な財産が」

胡桃は嘆いたが、傘を捜す気力はなかった。

4

黒猫を抱いたまま歩道に戻ると、少しだけ雨が弱くなった。傘を失くした身には朗報だが、問題は解決していない。途方に暮れ、道端にしゃがみ込んだ。

六ヶ月前まで銀座駅の近くにある出版社でバリバリ働いていた。それが、今は川越で雨に打たれてビシャビシャに濡れている。

一寸先は闇と言うが、この闇に終わりはあるのだろうか？　どこまでも続いているような気がする。絶望して目眩に襲われそうだ。足もとがふらつく。

「にゃ」

黒猫がまた鳴いた。しっかりしろ、と言われた気がした。猫だけあって、いい気なものだ。誰のせいで濡れたと思っている？

「しっかりしてるわよ」

声に出して言い返し、立ち上がった。顎に手を当て黒猫のいく先を考えた。

ふと顔を上げると、氷川神社が見えた。そして、天啓のようにひらめいた。

とりあえず雨も弱くなってきたことだし、氷川神社の境内にでも放そうか。あそこなら猫も平和に暮らせそうな気がする。神社の猫になればいい。いじめる人間はいないはずだ。きっと神さまが守ってくれる。

と、神社の人に怒られそうなことを考えたときである。背後から、やさしげな声が聞こえた。

「あらあら」

とっさに振り返ると、七十歳くらいの老婦人が立っていた。赤い傘を差して、ベージュ色の長靴をはいている。豊かな白髪をシニョンにまとめ、丸い縁の眼鏡をかけていた。

あまり濡れていないところを見ると、近所の住人で、外出してきたばかりなのかもしれない。着ている洋服は高そうで、見るからに上品な老婦人だった。女優と言っても通りそうな顔立ちをしている。

それに引き替え、胡桃は濡れ鼠である。しかも、部屋着のまま部屋を出てきたので、安物のトレーナーに膝の抜けたジーンズをはいていた。もちろん化粧もしていない。

それだけなら、まだいい。服に金をかけない若者など掃いて捨てるほどいる。貧乏は不便だが恥ではない。出版社にだって、よれよれの恰好(かっこう)をした人がたくさんいた。人は見かけじゃない、と胸を張って言える。

しかし、今の胡桃はそれ以前の問題だった。土手でコケた上に、濁った川に入ったせいで泥だらけである。よれよれというより、どろどろだ。

黒猫を抱えて川沿いの歩道に立っている姿は、控え目に言って怪しい。猫泥棒とまでは言わないにしても、猫を川に捨てにきたように見えるかもしれない。実生活に不満を抱き、動物を虐待している系の若者か。

無職の期間が長いと自信を失い、頻繁に嫌な予感に襲われるようになる。そして、その嫌な予感はだいたい的中する。嫌なことばかりが身に降りかかってくる。不幸は新しい不幸を呼ぶ。

まずい。

通報される。

警察沙汰になってしまう。

リストラされた上に動物虐待の容疑をかけられるなんて嫌すぎる。田舎の両親に連絡がいくかもしれない。父は泣き、母は怒るだろう。最悪の事態が走馬灯のように思い浮かんだ。いろいろな意味で死にそうだ。

怪しい者ではありません、と言わなければ。

虐待していません、と言わなければ。

口を開こうとしたが、胡桃の先手を取ったやつがいた。

「くしゅん」

黒猫がクシャミをした。人間みたいなクシャミだった。

釣られたように、胡桃の口からもクシャミが飛び出した。くしゅん。くしゅん。二連発。くしゅん。いや、三連発だ。雨に濡れたせいか、ひどく寒い。鼻水が出かかっている。汚い顔をしているに違いない。黒猫と一緒にぶるると震えた。

その様子を見て老婦人が言った。

「風邪を引く前に、あなたと猫ちゃんの身体を拭いたほうがいいわ。うちにいらっしゃい」

「ええと……」

胡桃は返事に詰まった。髪を拭きたいのはやまやまだが、初めて会った人の家にいっていいものだろうか。誘拐されるとは思わないが、抵抗があった。

考えていることが顔に出たに違いない。老婦人が穏やかに付け加えた。

「私の家は喫茶店なの。すぐ近くよ。温かいコーヒーをご馳走するからいらっしゃい」

喫茶店ならいってもいい気がする。温かいコーヒーにも惹かれた。無職になってから、まともなコーヒーを飲んでいなかった。喫茶店でコーヒーを飲むお金があるなら、もやしと納豆を買う。十個パックの玉子を買う。キャベツを買う。さばの缶詰を買う。

もちろんコーヒーが嫌いなわけではない。むしろ大好物だ。ミルクをたっぷり入れた熱いコーヒーを飲みたかった。砂糖を入れて甘くして飲むのもいい。口の中いっぱいにカフェラテの味が広がった。甘いクッキーをかじりながら、カフェラテを飲みたい。


心を動かされていると、老婦人がさらに言った。

「その猫ちゃんのいく先も相談に乗るわよ」

猫を拾って困っている、と見抜かれていた。川から拾い上げるところを見ていたのかもしれない。動物虐待の容疑をかけられなくてよかった。

「……よろしくお願いします」

黒猫を抱いたまま、胡桃は頭を下げた。腕の中で、黒猫が「にゃん」と鳴いた。

5

老婦人は名乗った。名前も女優っぽい。上品というだけでなく、花は美人だった。

黒木花。

いくつになっても美人は崩れない。泥まみれになって崩れまくりの胡桃とは違う。物心ついたころから薄々気づいてはいたが、人間は不平等に作られている。ぱっとしない我が身の不幸を呪った。

彼女の喫茶店は氷川神社のすぐ近く、川寄りの宮下町の外れにあった。木造の一軒家で、『珈琲くろき』と小さな看板が出ていた。

「こんなところに喫茶店があったんだ……」

思わず呟いてしまった。ずっと川越に住んでいたのに知らなかった。

観光客の多い菓子屋横丁や小江戸横丁、大正浪漫夢通りから外れていて、人通りそのものがなかった。閑静というと聞こえがいいが、寂しい場所だ。花と知り合わなければ一生こなかっただろう。

喫茶店にしても看板は出ているが、営業しているようには見えない。メニューさえ掲示されていなかった。

「夫と二人でやってた店なの。夫が死んじゃってからは、気が向いたときに開けるだけ」

言い訳するように言って、喫茶店のドアを開けた。ドアベルの音がカランコロンと鳴った。心地のいい音だった。何となく昭和な雰囲気のレトロな喫茶店を想像した。

「古くさい喫茶店だけど、びっくりしないでね」

そう言いながら花が照明をつけた。喫茶店の内装が、はっきり見えた。

「――え？」

胡桃は驚いた。念を押されたにもかかわらず、目を丸くした。腕の中で黒猫も「にゃあ」と鳴いた。たぶん、猫もびっくりしている。

昭和レトロとはまるで違う種類の、美しい世界が広がっていた。

シャンデリア風の照明が輝き、猫脚のテーブルと椅子が並んでいる。白い天井に真っ白な壁。白を基調にした上品な内装。十人も入りそうにない小さな店だが、古風で——昔のフランス映画に出てきそうだ。

「すごい……」

「にゃあ……」

呟いた胡桃と黒猫の声は同時だった。しかも何か似ている。出版社に勤めていたのに胡桃のボキャブラリーは乏しく、猫の鳴き声と変わりがなかった。だからリストラされたのだろうか。そんな気もする。

傷口を抉られた気分で黒猫に目をやると、どことなく呆れた顔でこっちを見ている。同情と軽蔑が混じったような、とにかくムカつく顔だ。

「その顔は何よ？　言いたいことがあるなら言ったら」

と、因縁をつけると、

「にゃん」

言いやがった。それが、おまえの言いたいことか。どこまでも腹立たしい。

そんな一人と一匹を見て花が笑った。

「仲がいいのね」

そんなわけあるか、と言い返したいところだが、出会ったばかりの老婦人に突っ込むわけにはいかない。猫相手にむきになっていると思われるのも不本意である。

「すごいお店ですね。気品があって綺麗で」

少ないボキャブラリーを絞り出して話を喫茶店に戻した。

「夫がヨーロッパかぶれだったのよ。西欧風の喫茶店にするって無理しちゃってね」

肩を竦めてみせたが、どこか誇らしげだった。この喫茶店を見れば、彼女の夫の趣味のよさが分かる。

「店の名前も、最初は〝花〟という意味のフランス語――『フルール』にするって言ってたけど、恥ずかしいからやめてくれって止めたの。日本人なんだから普通の名前にしましょうって」

妻の名前を店につけようとする夫。ますます好感が持てる。やることがイケメンだ。

「素敵な方だったんですね」

「あら嫌だ。昔話なんかしちゃって……。早く髪を拭かないとね。風邪を引いちゃったら大変」

花が照れた。誤魔化すように呟き、店の奥にタオルを取りにいった。着替えも貸してくれるようだ。

「すみません……」

頭を下げながら花の姿を目で追った拍子に、それを見つけた。黒猫を抱き締めた恰好(こう)のまま、胡桃の目が喫茶店の壁に釘(くぎ)づけになった。

西欧風の素敵な壁紙に見惚(みと)れていたわけでも、染みや傷を見つけたわけでもない。

壁に一枚の貼り紙が留めてあった。

花の筆跡らしき手書きの文字で、こう書かれていた。

店長募集（住み込み可）

詳しい条件は何一つ書いていない。それでも胡桃は貼り紙から目を逸(そ)らすことができなかった。手書きの文字を何度も読んだ。

仕事と住むところ。

胡桃の人生に必要なものが、二つも書いてある。ここ半年間、寝ても覚めても、そのことばかり考えていた。

「店長募集って……求人よね……？」

独り言を呟くと、黒猫が「にゃん」と相づちを打った。

黒猫に構うことなく貼り紙を凝視していると、花が戻ってきた。胡桃と黒猫の分なのだろう。真っ白なタオルを二枚持っている。トレーニングウェアらしき着替えも持っていた。

「猫ちゃんは私が拭くわ」

タオルと着替えを受け取り、黒猫を花に渡した。

黒猫は神妙な顔をしている。生意気な様子は影を潜め、借りてきた猫のようになっていた。胡桃に抱かれているときと態度が違う。

花がその黒い頭をタオルで包んだ。

上品な老婦人と黒猫と西欧風の喫茶店。

絵になる組み合わせだが、見惚れはしなかった。世俗にまみれた胡桃には、他に気になることがあった。

「店長募集って何ですか？」

さりげなく聞こえるように心がけて質問した。

「ああ、それね」

花がうなずき、黒猫の背中にタオルを当てながら答える。

「私の代わりにここに住んで、喫茶店をやってくれる人を募集してたの」

「ええと……引っ越しちゃうんですか？」

踏み込みすぎたかと思ったが、花は「そう」とうなずいた。

「今度、息子夫婦に赤ちゃんが生まれることになってね。赤ちゃんの世話をする人手がないから、一緒に住んでくれって言うのよ」

めでたい話だった。

「どちらにいかれるんですか？」

「銀座の外れ。そこでレストランをやってるの」

だいたいの住所を教えてくれた。外れと言うほどでもなかった。歌舞伎座帰りに寄れる場所だ。

「いいところですね」

知ったかぶりをしたわけではない。六ヶ月前まで勤めていた職場の近くだ。ピンからキリまで様々な飲食店が軒を連ねているが、予約をしなければ入れない高級店も多い。そんな店でワインなど飲もうものなら、一ヶ月の食費が吹き飛んでしまう。食費どころか、一ヶ月分の給料そのものが吹き飛んでしまう店さえあった。

「まあ店の立地としては悪くないわね。銀座駅からも歩いていける距離だし。……もしかして、ご存じかしら？」

花がレストランの名前を口にしたが、残念ながら知らなかった。高級店のほうなのかもしれない。

ちなみに、花には前職の名刺を渡してあった。身元をはっきりさせたほうがいいと思ったからだ。もちろん、すでに退職していると伝えた。それにもかかわらず、花は、誰もが知っている出版社の名前を見て感心していた。無駄に信用のある出版社である。

そして、もう一つ無駄に信用のある職場があった。

「市役所に同じ名字の方がいらっしゃったわね」

父だった。花は、父を知っていた。驚きはしたが、それほど不思議なことではない。四十年も市役所に勤めていたのだから、知っている者もいるだろう。窓口に座っていたこともあるくらいだ。

こうして胡桃はすっかり信用されてしまった。

「誰もこない喫茶店なんて閉めちゃえばいいんだけど……」

花はそう言って言葉を切り、黒猫から手を放した。身体を拭き終えたらしい。

黒猫はどこにもいかず、ちょこんと座って壁の貼り紙を見上げた。文字を読めるわけでもなかろうに、首を軽くかしげている。

そんな黒猫の頭を撫でながら、花が呟いた。

「それも忍びなくて」

黒猫は、花に預かってもらうことになった。

夫が生きていたころに飼っていたから猫には慣れてる、と彼女は言ってくれた。その言葉に甘え、胡桃はアパートに帰った。

家に到着しパソコンの転職サイトを見たが、目が滑って上手く集中できなかった。

喫茶店の貼り紙のことを、ずっと考えていた。

花の喫茶店で働くことができるなら、仕事と住むところが同時に手に入る。せっぱ詰まっているのも事実だが、縁を感じた。

飲食店で働いた経験はないが、コーヒーには思い出がある。胡桃の母は、コーヒーが好きだった。コーヒーを淹れるのが上手かった。

「ちょっと贅沢だけど」

手挽きのミルでコリコリと豆を挽き、胡桃や父に美味しいコーヒーを淹れてくれた。どうやったら、こんなに美味しいコーヒーを淹れることができるのかと聞いても、笑っているばかりで教えてくれなかった。

「大人になったら分かるわよ」

ただ、そう言われた。アラサーと呼ばれる年齢になったが、いまだに分からない。わざわざ電話して聞くのも、何となくためらわれた。

喫茶店で働けば、コーヒーを美味しく淹れる秘訣が分かるようになるかもしれない。いきなり店長の役割ができるか不安もあるが、あの喫茶店で働いてみたいという気持ちのほうが強かった。上品な花にも好感を抱いた。

花は引っ越してしまうが、銀座なら遠くない。六ヶ月前まで通勤していた場所の近くだ。困ったことが起きても、すぐ相談にいける。息子さん夫婦がレストランをやっているのも心強い。都合のいいことばかりが頭に浮かんだ。

明日、猫の様子を見にいくことになっている。借りた着替えを返すという用事もある。そのとき、「働かせてください」と花に言おう。

そして、許してもらえるなら、あの家で黒猫と一緒に暮らそう。首輪をしていなかったところを見ると、捨てられてしまったのかもしれない。生意気そうな猫だったが、行き場がないのはかわいそうだ。

ダンボール箱に入っていた姿が、仕事を失った自分と重なった。契約社員だった胡桃も、捨て猫みたいに捨てられた。

パソコンの電源を落とし、シャワーを浴びてベッドに入った。

「猫さん、待っててね……」

芝居がかった台詞（せりふ）を呟き、その日は眠った。夢は何にも見なかった。ただ、眠りに落ちる寸前に、猫の鳴き声を聞いたような気がする。

猫はどこにでもいるので気にしなかった。

6

夜が明けると晴れていた。

ここ数日の悪天候が何かの間違いだったみたいに、雲一つない青空が広がっている。台風一過というやつなのかもしれない。胡桃の気持ちのようだ。

仕事をクビになったり、スマートフォンを止められたり、先月分の年金を払えなかったり、家賃の支払いに困ったり……いろいろあったが、もう大丈夫だ。

黒猫を拾って人生が変わった。

氷川神社が、花の喫茶店と縁を結んでくれた。

これからの人生、きっといいことがある。

いや、すでにいいことは起こっている。例えば、ずぶ濡（ぬ）れになったのに風邪を引かなかった。電気代がもったいないので早寝をし、もやしや納豆ばかり食べているおかげだろう。出版社に勤めていたころより健康になった。

正社員にならなくてよかった。

リストラされてよかった。

貧乏になってよかった。

胡桃は自分に言い聞かせた。眉間（みけん）にしわが寄ったが、花の喫茶店で働くことが決まれば、きっと消えるだろう。

無理やり前向きな気持ちになって、歩調を速めた。すれ違う人たちの笑顔が目についた。気持ちのいい一日だ。

ハローワークや銀行でいくつかの用件を済ませた後、花の喫茶店に向かった。新しい人生の始まりだと思った。

道はおぼえている。迷子になることもなかった。花の喫茶店はすぐ分かった。ハローワークや銀行の窓口で予想以上に時間がかかったため、遅くなってしまった。『くろき』に着いたときには、午後六時をすぎていた。太陽は沈み、すっかり暗くなっていたが、それほど遅い時間ではない。駅前の有名カフェはまだ開いている。失礼には当たらないだろう。

とりあえず声をかけてみよう。ここまできて引き返すのも間が抜けているし、猫を預かってもらっている。一日でも早く仕事を決めたいという事情もあった。

喫茶店の客ではないので、家のチャイムを鳴らすことにした。

手を伸ばしたそのとき、それに気づいた。

〝黒木ポウ〟

ドアの脇の表札にそう書いてあった。

ずいぶんと真新しい。作ったばかりに見える。昨日こんな表札あったか？

……よくおぼえていない。あったような気もするし、なかったような気もする。雨に降られていたこともあって、ちゃんと見ていなかった。

黒木と書いてあるからには花の身内なのだろうが、ポウというのは何者だ？　『アッシャー家の没落』や『黒猫』、『モルグ街の殺人』を書いた、あの有名なエドガー・アラン・ポーしか思い浮かばない。『ポーの一族』という漫画もあった。あれは名作だ。思い出すだけで泣けてくる。——とにかく外国人の名前である。

「花さんのご主人、外国の人だったのかなあ……」

胡桃は思いついたことを呟いた。

それならば、西欧風の内装になるのは当然だ。自分の生まれた国の喫茶店をモデルにしたのだろう。ただ、その場合、「ヨーロッパかぶれ」という表現はおかしい気もする。ヨーロッパかぶれのアメリカ人というパターンもあるが。

それに、亡くなったご主人の名前だとすると、真新しい表札の説明がつかない。死んだ人の名前を、わざわざ新しい表札に書くものなのか？

考えても分からない。今さらだが、花の夫がいつ死んだのかも聞いていなかった。

表札のことは花に聞いてみよう。胡桃はチャイムを押し、声をかけた。

「昨日、お世話になった間下です」

「…………」

「花さん、いらっしゃいますか」

「…………」

「こんばんは」

「…………」

　返事がなかった。ドアの向こうは静まり返っている。物音一つしなかった。

　寒々しい沈黙を前に、不安な気持ちに襲われた。今日いくことは伝えてある。一日中喫茶店にいるから何時でもいい、と言われた。

　約束を違える(たがえる)ような人とは思えない。喫茶店の看板も出ているし、スイング式のドアには『営業中』のプレートがかかっている。さわってみると、鍵(かぎ)が開いていた。

　やっぱり留守ではないようだ。

「花さん、花さん――」

　何度呼びかけても返事がない。ドアの隙間から明かりが漏れているのに、人の気配が感じられなかった。

「まさか……」

　店の中で倒れている花の姿が脳裏をよぎった。

　元気そうに見えたが、七十歳をすぎている。脳梗塞(のうこうそく)に心筋梗塞。誰の身にも、老いはやってくる。胡桃の祖父もいきなり倒れた。

「花さん⁉」

ドアを蹴破る勢いで店内に飛び込もうとしたが、喫茶店に入ることはできなかった。

ドアベルがカランと鳴った次の瞬間、ゴッンと鈍い音が鳴った。カランコロンではなく、カランゴッン。

「ゴッン？」

会心の一撃的な手応えがあった。何かを攻撃したおぼえはない。ただドアを開けようとしただけだ。

何が起こったのか分からず立っていると、スイング式のドアが押し返されてきた。そしてドアが大きく開いた。

「ん……？」

なかったはずの人の気配があった。正確には、気配ではなく人間そのものである。しかし、それは花ではなかった。同い年くらいの男性がドアの向こうに立っていた。無言でこっちを見ている。

初めて会う男性だ。洋服ではなく和服——黒地の着物に白い襦袢を合わせている。男性の顔に目をやると、切れ長の目にサラサラの黒髪。控え目に言って二枚目、それも少女漫画に出てくる王子さま系のイケメンだった。長身でスラリとした体形をしている。

　モデル体形の二枚目が現れたくらいで驚きはしない。それくらいでアラサー女子は言葉を失わない。びっくりポイントは、イケメンの男性の額が赤くなっていたことである。小さなコブができている。身におぼえがあった。肘から先に手応えが残っている。


「ええと……もしかして……」

「たった今、ドアが飛んできた」

　ゴツンの正体が分かった。

「痛かったです……よね……」

「想像に任せる」

　男性が答えた。切れ長の目に相応しい、クールな声だった。性格の悪そうな——不機嫌そうな声とも言う。まあ当然だ。誰だって、ドアで額を殴られたら不機嫌になる。

「ご……ごめんなさいッ」

　全力で頭を下げた。かなり痛かったはずだし、一歩間違ったら鼻や前歯を折っていたところだ。怒鳴りつけられても不思議はない。

　だがイケメンは怒らなかった。表情一つ変えず胡桃に質問した。

「花を心配して慌てたんだろ?」

　何の説明もしていないのに、分かってくれていた。顔だけでなく頭もいいのか。それはそれで腹立たしいが、叱られずに済んでよかった。

花を呼び捨てにしているところをみると、身内なのかもしれない。花の姿が見えないのは気になるが、この男性の様子を見るかぎり倒れたのではなさそうだ。彼女の所在を聞く前にもう一度謝っておこう。

「あの……」

「黒木だ」

イケメンが名乗った。同じ名字ということは、やっぱり花の身内のようだ。ますます、ちゃんと謝っておかなければ。

「本当にごめんなさい」

改めて深々と頭を下げた。自分の靴が目の前に見える。

そのまま、じっとしていると、つむじの上から黒木の声が聞こえた。

「許してやる」

偉そうな言い方なのは気になったが、悪いのは胡桃だ。慌てていたにしても、もう少し注意すべきだった。イケメンの額をドアベル代わりにしてはならない。

頭を上げるタイミングを失っていると、再び黒木がつむじに話しかけてきた。

「いつまで頭を下げてるつもりだ？」

おもてを上げい、と言われた町人の気持ちがよく分かった。江戸時代の町人だ。許してやると言ったが、本当に許してくれたのだろうか。怒ってないと言いながら、しつこく怒っている人は多い。人間は嘘つきだ。顔を見るのが恐ろしい。だからといって、このままでいるわけにはいかない。

おそるおそる顔を上げると、黒木がこっちを見ていた。

クールな表情だが、怒っていない。たぶん怒っていない。心なしか額の赤みも取れ始めている。口先だけでなく、許してくれたようだ。胡桃は胸を撫で下ろした。

だが、安心するのは早かった。黒木の言葉には続きがあった。

胡桃の目をまっすぐに見つめて、イケメンがこう言った。

「許してやるから、おれの下僕になれ」

「……は？」

胡桃は固まった。

7

「すまん。言葉を間違えたようだ」

今度は黒木が謝ったが、ちっとも悪いと思っていないような口調である。

だいたい何をどう間違えたら、下僕という言葉が出てくる？

　三十年近く生きてきたが、下僕になれと言われたのは初めてのことだ。しかも、相手は王子さま顔のイケメンである。いろいろな意味でショックだった。

　その傍らで、黒木が独り言を呟（つぶや）く。

「どう言えばいいのか。人間に言葉を伝えるのは難しいものだ」

　悩んでいるようだが、まったく意味が分からない。とりあえず下僕云々（うんぬん）を聞かなかったことにして話を進めた。

「花さんの……ご家族の方ですか？」

　この男性の正体をはっきりさせようと思っての質問である。しかし、はっきりしなかった。

「テンチョウダ」

　謎の答えが返ってきた。漢字変換することもできない。

　戸惑っていると、黒木が首を傾げた。

「発音が違ったか？　店の責任者のことだ」

　店長だ、と言ったつもりらしい。

　漢字変換できたのはいいが、またしても嫌な予感に襲われた。

「店長って、もしかして――」

「そうだ。この喫茶店の店長だ」

胡桃の言葉を皆まで聞かずに黒木が答えた。壁を見ると、店長募集の貼り紙が消えている。

「さっき、花の息子の嫁が急に産気づいたと電話があった。おれに店を任せるそうだ――」

黒木の声が遠くに聞こえた。何やらしゃべっているが、脳に届かない。いくつかの言葉が耳を素通りしていった。

仕事を奪られてしまったということだけが分かった。

収入のあてが消えた。貯金も残り少ない。もうすぐアパートから追い出される。年金もスマートフォンの料金も国民健康保険も払えず、水道料金も電気代も払えない。ないない尽くしの人生だ。前向きな気持ちは消え失せた。

通帳の残高が脳裏をよぎり、眩暈に襲われた。店長になれると決めつけていた自分を殴りつけたい。リストラされるようなアラサー女子の人生に、いいことなんか起きるわけがない。鼻の奥がつんとして、泣いてしまいそうだった。

人前で泣くわけにはいかない。

こんなところで泣くわけにはいかない。

いくら何でも、みじめすぎる。

胡桃は涙を飲み込んだ。しゃくり上げそうになったが、奥歯を嚙み締めて堪えた。

「……私はこれで」

挨拶もそこそこに、黒木に背を向けた。

早く家に帰って仕事を探そう。インターネットのプロバイダ代金だって、いつまで払えるか分かったものじゃない。インターネットを止められたら、仕事を探すこと自体難しくなってしまう。

そそくさと帰りかけたところを呼び止められた。

「ちょっと待て、胡桃」

ん？

どうして、名前を知っている？

しかも呼び捨てだった。恋人の名前を呼ぶように、「胡桃」と呼んだ。ここだけの話だが、胡桃は恋愛に縁遠い。成人してから、下の名前を——それも呼び捨てで、父親以外の男性に呼ばれたことはなかった。

あまりの出来事に涙は引っ込んだが、その代わりパニクった。

「な、な、何ですか⁉」

口ごもりながら振り返ると、黒木の顔がすぐ近くにあった。男性なのに、まつ毛が長い。胡桃より長かった。まるで少女漫画の主人公だ。非の打ちどころのないルックスをしている。容姿に恵まれている上に、仕事まで奪っていくとは。

怒りがふつふつと湧き上がり、名前を呼び捨てにされた動揺が収まった。

そんな胡桃に向かって、黒木が質問を投げかけてきた。

「おれの話を聞いてたか？」

「いえ」

胡桃は正直に答えた。それなのに叱られた。

「ちゃんと聞け！」

正直者が損をする世の中なのか。

それに、さっきから話し方が無礼だ。犬猫扱いされている気がする。確かに話を聞いていなかったし、ドアで額を殴った。無駄に整った顔を傷つけてしまった。その件については悪いことをしたと反省している。

しかし、だからといって、初対面の男性に乱暴な口を利かれるおぼえはない。

「いい加減にしてください。いったい何なんですか？」

こう見えても路頭に迷う寸前だ。失業給付も今月で切れた。失う物は何もない。帰る家がなくなることに比べれば、王子さま顔のイケメンごとき怖くはない。花には世話になったが、この男とは無関係だ。

「用がないなら帰ります。遊んでる場合じゃないので」

捨て台詞（ぜりふ）のつもりで言ったのに、口から飛び出したのはただの事実だった。遊んでいる場合でも喧嘩（けんか）している場合でもない。ホームレスになる寸前である。自分の言葉で、自分の立場を再確認した。家があるうちに帰ろう。

再び踵（きびす）を返し、喫茶店を後にしようとした。が、

「待て。帰るな。胡桃に話がある」

またしても呼び止められた。早くも呼び捨てが板につき始めている。

「だから――何ですか？　用があるなら早く言ってください」

ため息をつき、振り返りもせず促した。話を聞きたいわけではないが、さっさと済ませたかった。

「用というか頼みだ」

「頼み？」

聞き返すと、黒木が言った。

「おれの飼い主になってくれ」

「……は？」

寒すぎる。こいつは本当に何なんだ？

「ふ……ふざけてるんですか？」

背中を向けたまま聞いた。黒木の顔を見る勇気も度胸も気力もなかった。

「いや。ふざけてない」

「じゃ……じゃあ、からかってるんですか？」

「からかう？　――まさか」

黒木の声は不本意そうだった。

ふざけてもいないし、からかってもいない。じゃあ、さっきの台詞はいったい？

聞き間違えたのか？

飼い主じゃなくて、買い主？

それはそれで、おかしい気がする。

貝主？

会主？

海主？

だんだんおかしくなっていく。世の中に存在しない言葉が混じり始めた。出版社に勤めていたころなら変換ミスを疑っただろう。

首を捻っていると、胡桃の右肩の上に手が置かれた。白魚のように綺麗な指だった。指の先までイケメンなのか。こんな場合なのに、ときめきそうになった。ここだけの話だが、手の綺麗な男に弱かった。

「こっちを見て、おれの話を聞いてくれ」

逆らうことはできなかった。

「は……はい」

催眠術にかかったように振り返ると、黒木が真剣な顔で胡桃を見つめていた。肩にはまだ黒木の手が置かれている。きょ……キョ距離が近い。さっきにも増して、顔がすぐ近くにあった。ドラマだったら、キスする五秒前だ。

少女漫画のキスシーンが思い浮かび、思わず目を閉じそうになったが、唇は近づいてこなかった。

その代わり、黒木が告白した。

「首輪が欲しい」

「ん？」

また聞き間違いか？　さっきから耳がおかしい。雨に濡れたせいで、中耳炎的な何かになってしまったのか？

病院にいくお金もないのに、と不安に思ったが、胡桃の耳は正常に機能していた。

「おれのために首輪を買ってきて欲しい」

はっきり聞こえた。唇の動きも〝クビワ〟だった。

「クビワって、首にはめるやつのことですか？」

「他に首輪があるのか？」

「ええと……クビワオオコウモリという動物が――」

出版社時代に培った知識を総動員して答えたが、きょとんとされた。

「コウモリ？　何の話だ？」

黒木の眉間にしわが寄った。間違いない。コウモリの仲間ではなく、あの首輪を欲しがっている。

「く……首輪をどうするんですか？」

イケメンの間で流行っているオシャレという可能性もある。『日本首輪女子協会』という団体があるくらいだ。

「ファッション的なやつですか？」

「違う。ファッションなんかじゃない」

真面目な顔で否定された。

「首輪をつけて暮らしたい。飼われている証拠が欲しい」

…………。

イケメン王子ではなく、ヘンタイ王子だった。いろいろな意味で危ない。乙女の危機である。

逃げろ、胡桃。逃げるんだ!!

自分の声が脳裏に谺した。

「放してください！」

肩に置かれている手を払った。胡桃の手のひらが黒木の手の甲に当たりペチンと音が鳴った。ヘンタイ王子が遠退いた。

よし。ダッシュだ。

走って逃げ出そうとしたが、それより早く黒木の様子が一変した。倒れ込むように身を屈めて呻き始めた。

「にゃ、にゃ、にゃんてことするにゃ⁉」

「ええ？　わ、私は何も……」

「お……おれの手に触ったにゃあ‼」

胡桃を責めた。ただ、言葉がおかしい。にゃあ？　噛んだのか？

逃げるチャンスだが、本気で苦しそうにしている。しかも、その原因は胡桃が触ったことにあるらしい。

潔癖症か？

出版社に勤めていたころ、そんな性癖の同僚がいた。他人に触れることを極度に嫌い、ドアノブや机に触ることさえ大騒ぎだった。消毒できるタイプのウェットティッシュを常に持ち歩いていた。満員電車に乗って貧血を起こすことも多かった。

黒木の場合、貧血は起こしていない。ウェットティッシュを出す素振りもないし、額をドアにぶつけたときも慌てた様子はなかった。

潔癖症とは違う気がするが、症状を詳しく知っているわけではない。とりあえず言い訳しておくことにした。

「触ったって、先に肩に――」

言いかけて途中で口を噤んだ。黒木がしゃがみ込んでしまったのだった。背中を小さく丸め、顔を隠すように震えている。黒木が具合が悪そうだ。救急車を呼んだほうがいいのだろうか？

しかし勝手に呼ぶのも憚られる。

「……大丈夫ですか？」

黒木の前に屈み、顔をのぞき込んだ。

顔色は悪くなかった。相変わらず整った顔をしている。鼻筋が通っていて、唇のカタチもいい。耳だって、ぴんと三角に立っている。あまりのイケメンさに目を逸らし、ふと固まった。

ぴんと三角？

何かがおかしい。イケメンとは違う何かが混じった。

改めて黒木の顔を見た。

やっぱり三角だ！　しかも、さっきと耳のついている場所が違う。顔の横にあったはずの耳が、頭の上に移動していた。

「これって……」

思わず手を伸ばしかけると、黒木が叫んだ。

「あっちへいけにゃあぁぁ――ッ」

身体を捩って拒まれた。そう言われても足が動かない。目が釘づけになっていた。

「ど……どういうこと？」

「どうもこうもにゃい!! おれを見るにゃ!!」

命令しながら、黒木の身が縮み始めた。ぐぐん、ぐぐんと小さくなっていく。アニメを見ているようだった。

このまま消えてしまうのかと思ったが、やがて止まった。胡桃の膝丈くらいの高さになってしまった。ただ縮んだだけでなく原形を留めていない。まず真っ黒になった。

肌が黒いのではなく、全身に真っ黒な毛が生えていた。

動物の体毛――正確に言うと、それは猫の毛だった。

動物の専門家でもないのに、猫の毛だと分かった理由は簡単だ。見れば分かる。

黒木が黒猫になった。

人間が猫になった。人間が猫になった。王子さま顔のイケメンが黒猫になった。

さっきまで黒木が着ていた着物が、足もとに散乱していた。その着物の上に、黒猫が座っている。胡桃を見てため息をついた。そして、人間の言葉をしゃべった。

「見られてしまったにゃ」

限界だった。目の前で起こっていることを処理しきれない。

「ば……化け猫……」

胡桃は気を失った。

8

コリコリ、コリコリコリコリと小気味のいい音が聞こえ、香ばしいにおいが鼻をくすぐった。コーヒーのにおいだった。

そのにおいに誘われるように目を開けると、白い天井——シャンデリアを吊るした白い天井が見えた。明かりがついている。

胡桃は横になっていた。ベッドではなく、ソファの上で寝ていた。自宅のベッドよりずっと寝心地のいいソファだ。

シャンデリア？

ソファ？

上体を起こし顔をしかめた。胡桃の部屋にはそんな上等なものはない。天井の色も、こんなに真っ白じゃなかった。

「ここ、どこ……？」

首を動かしながら、胡桃は呟いた。

とんでもない出来事に遭遇した気がするが、それが何だったのか思い出せない。軽く記憶を失ったようだ。

「頭でもぶつけたのかなあ……」

どこにもコブはできていない。記憶を失うなんて初めての経験だ。健忘症というやつだろうかと悩んでいると、男の声が聞こえた。

「やっと目を覚ましたのか」

そう言ったのは、王子さま顔のイケメンだった。サラサラの黒髪に白い肌。高そうな黒の和服。モデルのような二枚目が、コーヒーを持ってこっちに歩いてきた。

「ええと……」

呟いたとたん記憶が戻った。

〝おれの飼い主になってくれ〟

〝首輪をつけたい〟

言葉だけでも破壊力抜群だ。そっち系の少女漫画の主人公の台詞のようである。王子さま顔のイケメンに、そんな台詞を言われたら卒倒する女子もいるだろう。しかし、胡桃が気を失った理由は他にあった。

黒猫。

ブラックキャット。

黒にゃんこ。

呼び方はどうでもいい。とにかく、この男——黒木は猫になった。黒猫になった。

黒猫に変身した。

人間が黒猫になった。

アニメのような変身シーンが脳裏を駆け巡った。

「く、く、く、く、黒ね——」

悲鳴を上げたかったが、叫べなかった。胡桃の言葉をもぎ取り、男性が言った。

「そうだ。黒木だ」

「く……ろき……？」

「おれの名前だ」

胡桃の目を見て言った。綺麗な目をしていた。吸い込まれそうな黒い瞳がすぐそこにあった。

「よかったら飲んでくれ」

コーヒーを胡桃の前のテーブルに置いた。ザラメと白砂糖、ミルクが添えてある。

「ザラメは甘みが強いが、クセがある。苦手なら白砂糖を使うといい」

落ち着いた口調で説明し、

「いきなり倒れて驚いたが、どうやら大丈夫なようだな」

と、胡桃を気遣ってくれた。

表情に乏しいせいか心配しているようには見えないが、猫要素は一つもない。大人の男である。猫だったはずなのに……。

胡桃は眉間にしわを寄せ、黒木は落ち着いた口調で続ける。

「うなされていたようだが、怖い夢でも見たのか？」

夢？

あれは夢だったのか？

夢にしては、ずいぶんはっきりしていた。黒猫の表情まで思い浮かべることができる。見られてしまったにゃ、と言われた記憶も残っている。

「誰だって夢くらい見る」

黒木が静かに言った。胡桃の目をじっと見つめながら語りかける。

「疲れていたり身体の調子が悪かったりすると、おかしな夢を見やすい。気をつけることだ」

……夢だったような気がしてきた。人間が猫に変身することなどあり得ない。夢を見たに決まっている。

「ストレスがたまっているんじゃないか？」

「はい」

胡桃は素直にうなずいた。喫茶店の仕事を奪われたことが、よほどショックだったのだろう。

それだけじゃない。この半年間、再就職活動が上手くいかず、貧乏金なし。とうとうスマートフォンを止められ、アパートを追い出されかかっている。もやしと納豆しか食べられず、買い置きしてある米も残り少ない。

悪夢だか白昼夢だか猫の夢だかを見ても不思議はあるまい。胡桃だって、それなりに繊細だ。これまでの人生で繊細だと言われたことはないが。

自分なりに納得すると、今度は恥ずかしくなった。初対面の男性の前で倒れた挙句、謎の夢を見て喫茶店のソファに運ばれた。うなされているところも見られた。しかも、その相手は王子さま顔のイケメンときている。

最悪だ。

とんでもない失態を演じてしまった。大人の女のやることではない。

「す――すみませんっ」

立ち上がって謝ろうとした。――それがいけなかった。突然立ち上がったため、足もとがふらついた。

テーブルに手を突こうとしたが、淹れ立てのコーヒーが置いてある。手を突いたらこぼしてしまいそうだ。火傷をする可能性だってある。

手を突かず体勢を立て直そうとしたが、そんな運動神経は持ち合わせていなかった。さらにバランスを崩し、思い切りよろけた。

「お……おい――」

黒木の声が聞こえた。よろけた先にイケメンがいた。抱きつくような恰好で倒れ込んだ。

「……ごめんなさい」

謝罪の声はくぐもっていた。胡桃の額が黒木の顎にくっついている。男の鎖骨が目の前にあった。少女漫画なら、ときめく場面である。

しかし、現実は活劇だった。

「おれに触るにゃあぁ――ッ」

イケメンが胡桃を怒鳴りつけ、突き飛ばした。

ピンポン玉のように弾き飛ばされ、どしんと尻もちをついた。ひどい仕打ちである。文句を言ってもいい場面だが、それどころではない。胡桃は気づいてしまった。黒木の言葉の語尾がにゃあになっていることに。この展開は前にもあった。脳のひだに刻まれている。

おそるおそる顔を上げると、黒木の頭に三角の耳が生えていた。真っ黒な耳だ。

「ゆ……夢じゃなかったんだ……」

そう。夢ではなかった。

床に尻もちをついた胡桃の目と鼻の先で、黒木の身体が縮み始め、あっという間に黒猫になった。さっきまで着ていた和服が床に散乱した。

しかも、その黒猫には見おぼえがあった。川で助けた黒猫だ。この生意気な顔は間違いない。

二度目だったせいか、胡桃は気を失わずに済んだ。わけが分からなすぎて、むしろ冷静になった。尻もちをついたお尻が冷たい、と思う余裕まであった。

一方、黒木だった黒猫は焦っている。

「これは幻にゃ‼　夢にゃ‼　猫が人間に化けるわけにゃいにゃ‼　猫がしゃべるわけにゃいにゃ‼」

必死に胡桃を説得しようとする。饒舌（じょうぜつ）であった。

いろいろおかしい点はあるが、黒猫の言うことにも一理ある。胡桃の知るかぎり猫は化けないし、人間の言葉もしゃべらない。夢だと思ったほうが納得できる。この状況を誰かに話しても、「夢でも見たんじゃない」と言われる気がする。

とりあえず自分の頬をつねった。

痛かった。頬がじんとした。

やっぱり夢じゃない。現実だ。人間が黒猫になって、人間の言葉をしゃべっている。

「信じられない……」

だが他に考えようがなかった。尻もちをついている場合じゃない。頬をつねったまま立ち上がると、黒猫が諦めたようにため息をついた。

「バレてしまったからには仕方にゃいにゃ」

アニメやドラマの悪党みたいに嘯き、テーブルの上に飛び乗った。猫になっても、どことなく王子さまっぽい。

「聞きたいことがあるにゃら聞けにゃ。特別に答えてやるにゃ」

偉そうな猫である。もちろん聞きたいことだらけだ。

頬から手を放し、黒猫に向き直った。

「どうして、猫が人間の言葉をしゃべってるのよ？」

まっとうな質問だろう。しかし、黒猫は質問の大前提を否定した。

「しゃべってにゃいにゃ」

「しゃべってないって……今、こうしてしゃべってるじゃない」

誤魔化すつもりかと思ったが、そうではなかった。

「おれが人間の言葉をしゃべってるんじゃにゃくて、胡桃が猫の言葉を分かるようににゃったにゃ」

「……え？」

予想外の答えだった。にゃが多すぎて聞き取りにくいが、言わんとするところは理解できた。

つまり、猫が人間の言葉をしゃべっているのではなく、人間が猫の言葉を聞き分け理解しているということらしい。そんなバカな。

「人間の恰好のときは人間の言葉をしゃべれるにゃが、猫の恰好のときは無理にゃ。今も猫の言葉をしゃべってるにゃ」

「嘘。信じられない」

「自分の耳で聞いてみろにゃ」

そう言って、鼻をしゃくった。

そこには窓があり、ガラス板の向こうに二匹の猫――親子らしきトラ柄の猫が座っていた。チビ猫は、生まれて三ヶ月くらいに見える。モフモフしていて可愛いらしい。

「ノラ猫親子にゃ。話し込んでるにゃ。窓をそっと開けてみろにゃ」

にゃ、にゃ、にゃ――と命じられた。

「窓を開けてみろって――」

「会話が聞こえるはずにゃ」

「まさか……」

狐につままれた気分のまま、胡桃は喫茶店の窓を細く開けた。すると本当に話し声が聞こえてきた。

「……もう少し首を傾けるにゃ」

「……こうかにゃあ？」

「……そうにゃ。その角度で人間を見上げるにゃ。おバカな人間はイチコロにゃあ。たくさんご飯をもらえるにゃ」

「……はいにゃあ」

「……次は鳴き声の練習するにゃ」

「……みゃあ」

「……もう少し切にゃい顔で鳴くにゃ」

「……みゃん」

聞いてはいけない話を聞いてしまった。

見てはいけないものを見てしまった。

母猫が仔猫(こねこ)に、どの角度が可愛く見えるか教えている。鳴き声の練習まであるらしい。猫が可愛いのは天然ではなかったのか。

そう質問すると、黒猫が馬鹿馬鹿しいと言わんばかりに答えた。

「ちゃんと努力してるにゃ。生き抜くために、自分を磨くのは当然にゃ。自分磨きをしにゃいのはダメな人間だけにゃ」

どさくさ紛れに無礼なことを言われた気がする。それも含めて、いろいろショックで頭がこんがらがりそうだ。

「どうして……こんなことに……猫の言葉が分かるなんて……」

「知るかにゃ」

黒猫は肩を竦め、なおざりな口調でこう言った。

「頭でもぶつけたにゃか、神さまとやらが気まぐれを起こしたんじゃにゃいのか」

神さま？

頭をぶつけた？

思い当たる節があるようなないような……。

何かがあったような気がするが、上手く思い出せない。首を捻っていると、黒猫が唐突に言った。

「とりあえず礼を言っておくにゃ」

「礼？」

「昨日、川から助けてもらったにゃ。頼んだわけじゃにゃいが」

一言多い。どこまでも可愛げのない猫である。びしょ濡(ぬ)れになって助けたのに、この言い草はなかろう。

だが、礼を言われて、ふと思い浮かんだことがある。助けた動物が現れるといえば。

「恩返しにきたの？」

ジブリにそんな映画があった。DVDも持っているし、原作も読んだ。映画も原作も名作だった。

ファンタジーの世界に向かいそうになったが、黒猫はそれを否定した。

「調子に乗るにゃ。そんな都合のいい話があってたまるかにゃ。猫の手を借りようとするのは、人間の悪いくせにゃ」

それは言葉の綾(あや)だ。現実に猫の手を借りた者はいないだろう。ねずみを捕るときや三味線を作るときに用があるくらいだ。現代社会ではその役割さえない気がする。

とにかく、猫の恩返しではないらしい。

「じゃあ、何しにきたのよ？」

「働きにきたにゃ」

「働くって、機を織るとか？」

「それは鶴にゃ！　いい加減、恩返しから離れろにゃ！」

またしても突っ込まれた。猫がこんなに突っ込み上手だとは知らなかった。胡桃より会話能力が高い。

感心していると、黒猫がとんでもないことを言い出した。

「この喫茶店で店長をやるにゃ」

「なんで⁉」

全力で聞き返した。どうしてそうなる？　猫が喫茶店の店長になるなんて、どこの国のファンタジーだ？　そんな童話があったような気もする。

いや、ファンタジーなのは別にいい。童話だって構わない。こうして猫としゃべっている時点で今さらである。問題はそこじゃない。

「私が店長になるつもりだったのに」

胡桃は主張した。仕事を譲ってくれるのではないか、と期待しながら。

恩返しにきたのではないと言われたが、助けてやったのだから見返りがあって当然だ、という気持ちがあった。

「知ってたにゃ。壁の貼り紙をじっと見ていたにゃ」

「私に譲ろうって気はないの？」

単刀直入に要求すると、はっきり首を振った。

「あるわけにゃいにゃ。早いもの勝ちにゃ」

「ひ……人でなし！」

「猫は人ではにゃいにゃ」

黒猫に論破された。

9

猫なんて助けなければよかった。後悔していると、黒猫が語り出した。

「動物が人間に化けるにゃんて、昔からよくある話にゃ」

さっき話題に上がった『鶴の恩返し』は鶴が女に化ける話だし、昔から狸や狐は人間に化けると言われている。昔話の定番だ。

「だからって、化け猫に現れられても。もう二十一世紀なのに」

「二十一世紀だから何にゃ？　人間が勝手にそう呼んでるだけにゃ。猫の世界にカレンダーはないにゃ。そもそも猫の時の流れと人間の時の流れは違うにゃ」

口の達者な猫だ。一言いうと、二言三言と返される。完全に言い負かされていた。

しかも話には続きがあった。

「だいたい、おれは化け猫じゃにゃい。普通の猫にゃ」

聞き捨てならない台詞（せりふ）である。この期に及んでしらばくれるつもりか。

「化け猫じゃないって……どういう意味よ？　人間に化けたじゃない」

猫が人間に化けたのだから、化け猫だろう。問い詰めるように指摘したが、黒猫はうなずかなかった。

「猫は化けるものにゃ」

「え……」

「ほとんどの猫は人間ににゃれるにゃ。化けられにゃい猫のほうが少にゃいにゃ」

驚きの告白だった。

「猫が化けるのは常識にゃ」

そうだったのか。三十年近く生きてきたが、知らなかった。昔話やおとぎ話、アニメや漫画ではそういう設定もあるだろうが、それはフィクション——作り話だと思っていた。

「思い込みは視野を狭くするにゃ」

ついでのように説教された。

「じゃあ、おでんとかバナナとかチョコレートパフェにもなれるの？」

「どうして食べ物限定にゃ!!」

的確な突っ込みであった。お腹が空いてるからだとは言いにくい。

「そんにゃものには化けられにゃいにゃ。普通の猫が化けられるのは、一種類の人間だけにゃ」

つまり、さっきの男にしかなれないということらしい。化けるというより、イメージとしては擬人化か。

「だから、喫茶店の店長くらいできるにゃ」

話がもとに戻って、はっとした。自分が問題を抱えていたことを思い出した。

「仕事を探さなくちゃ……」

猫が化けようと化けまいと関係ない。この喫茶店で働けないと分かった以上、ここにいる理由はなかった。

何しろ胡桃は切羽詰まっている。アパートの家賃を払えず追い出され、家なき子になるかどうかの瀬戸際だ。黒猫と話し込んでいる場合ではない。早く帰って、インターネットの転職サイトを見なければ。

「じゃあ帰るから」

適当に挨拶(あいさつ)して出口に向かった。

「待つにゃ!!」

黒猫が鋭く言った。音もなくテーブルから飛び降り、ドアの前で通せんぼするように立った。しっぽがぴんと立っている。

「話はまだ終わってにゃい」

しつこい。

蹴散らして帰ろうかとも思ったが、動物虐待になってしまう。いくら生意気でも猫は蹴飛ばせない。うんざりしながら、胡桃は聞き返した。

「だから何よ？」

「仕事を探す必要はにゃい」

黒猫が言い切った。

「……あんた、何言ってんの？」

「あんたじゃにゃい。ポウにゃ」

聞いてもいないのに名乗った。表札に出ていた〝黒木ポウ〟とはこいつのことらしい。顔つきも気取っているが、名前も気取っている。お似合いの名前だが、ポウでもプウでもパーデンネンでも何でもいい。

「お金を稼がないと生きていけないの!!　仕事を探さないといけないの!!」

尖った声で喚き散らしてしまった。大人げないのは分かっていたが、いっぱいいっぱいだった。ずっと誰かに喚き散らしたかったのかもしれない。

「大声を出すのは近所迷惑にゃ」

「だって――」

「ここで働けばいいにゃ」

「なぬ？」

びっくりしすぎて、一昔前の漫画に出てきそうな台詞で聞き返してしまった。漫画やアニメで育ったせいか、ときどきおかしな言葉が口を突く。

ポウはそこには突っ込まず、話を進行した。

「花にも言ってあるにゃ」

「言ってある？　何を？」

「胡桃がここで働くという話にゃ」

予想外の展開である。自分の知らないところで何かが動いている。

「昨日の夜、花と話したにゃ」

猫の姿になると〝な〟の発音が〝にゃ〟になるらしく、〝はにゃとはにゃしたにゃ〟と聞こえた。聞き取りにくいが、まあ、それでも言いたいことはだいたい分かった。あくまでも、だいたいだが。

胡桃が帰った後、ポウは人間になり花と話した。着物をどこから持ってきたか気になるが、人間に化けられるのだから調達することは可能だろう。着物を売っている店はそこら中にあるし、この調子だとネットショッピングくらいできそうだ。

「花さんと何を話したの？」

「働いてやってもいいと言ったにゃ」

年上相手でも、この調子なのか。

「そしたら店長にしてくれたにゃ」

いい加減——いや、鷹揚な。どこの馬の骨だか分からない者を、いきなり店長にするなんて不用心すぎる。

胡桃の考えていることを見透かしたように、ポウが言った。

「簡単に店長にしてもらえたのは、身元がしっかりしてるからにゃ」

またしても予想外の台詞だった。

「あんたに身元なんてあったの？　猫なのに？　もしかして血統書付きとか？」

血統書付きだからといって店長にしていいわけではないが、念のため聞いてみた。

黒猫はそこには触れず、胡桃を鼻でしゃくった。

「おれじゃにゃい。おまえの身元にゃ」

「私？」

聞き返すと、黒猫がこくんとうなずいた。

「花に名刺を渡したにゃ」

「前の職場の名刺のこと？　渡したけど……それと、あんたが店長になることと何の関係があるのよ？」

「花はおまえの親のことも知ってたにゃ。公務員は信用があるにゃ」

確かにそのとおりだが、話の筋道が見えない。店長。名刺。公務員。何の三題噺だ、これは。

「そのうち分かるにゃ」

さらりと流し、話をまとめた。

「とにかく胡桃は働いてもいいことににゃってるにゃ。ここに引っ越してきてもいいとも言っていたにゃ」

どことなく納得できないところはあるが、悪くない提案だった。床に目を落とし、胡桃は熟考する。

もともと、この喫茶店で働くつもりでやってきた。

今のところ——というか、半年前から仕事のあてはない。ポウの提案を断り、気合いを入れて仕事を探しても、そして見つかっても正社員にはなれない気がしていた。悲観的な予想ではなく、それが現実だ。

アルバイトにしかなれなかった場合、家賃をちゃんと払えるか怪しい。勤めていた出版社と同等の給料はもらえないだろう。

たとえ正社員になれる仕事が見つかったとしても、すぐに入社させてくれるかは分からない。給料をもらえるのは、かなり先になると考えたほうがいい。それまで家賃を払えず生活もできない。

すると、返事は一つしかなかった。

「分かった。うん……ここで働く」

うつむいたまま答えたのは、猫の店長の下で働くことに不安があったからだ。他に選択肢が思い浮かばないとはいえ、これでいいのだろうか？

「そうか。働くか。契約成立だ。明日から働いてもらう。今日はもう遅いからな」

ポウの声が聞こえた。声の雰囲気が変わり語尾の猫言葉も消えている。これって……。

「まさか――」

顔を上げると、そのまさかだった。

ポウが、王子さま顔のイケメンに――人間の男になっていた。それだけなら、今さら驚かない。

しかし、胡桃は息が止まるほど驚いていた。魂が口から抜けそうだ。

幽体離脱直前の状態で立ち尽くしていると、ポウが不思議そうな顔をした。

「ん？　どうした？　手に手を取って一緒に働くんじゃないのか？　何をぼんやり見ている？」

「み……見てないからっ!!」

胡桃は激しく首を振った。本当だ。ナニも見てない。

王子さま顔のイケメンは、何も着ていなかった。すっぽんぽんの丸裸だ。下着さえつけていない。成人男性が、アレというかナニ丸出しの恰好で目の前に立っている。

「おれと一緒にここで暮らそう」

ポウが近づいてきた。当然、見てはならないモノも接近した。手を伸ばせば届きそうなところにナニがある。乙女の取るべき行動は一つしかない。

「きゃあぁぁぁ――」

胡桃は悲鳴を上げ、喫茶店から逃げ出した。

その夜、首輪をつけた裸の男に迫られる夢を見たのは、仕方のないことだと思う。しばらく猫のしっぽを直視できそうにない。

10

明くる日、胡桃はアパートの管理をしている不動産屋にいく予定があった。少し前から呼び出されていた。

お金がないときには、どこにも行きたくないし、誰とも話したくない。昨日のショックから立ち直ってもいなかった。

だが無視するわけにもいかず、渋々出かけた。営業時間が終わるギリギリ――夜の七時ごろに、不動産屋に到着した。

ガラス戸をはめ込んだ一階の店舗だ。観葉植物が置いてある。今風に見えるが、チェーン店ではない。地元の人間がやっている不動産屋だった。

気の進まないままガラス戸の自動ドアを通り、中に入った。いつものことだが、スタッフは少なく二人しかいなかった。時間が遅いからか客もいない。入り口近くのソファに座らされた。自動ドアのすぐ手前だ。

挨拶もそこそこに不動産会社の社員——頭の禿げた四十歳くらいの男性が、胡桃に質問した。

「新しい仕事は見つかった？」

賃貸契約を結んだときも、この男性が担当だったが、最初から敬語も丁寧語も使わなかった。女性というだけでタメ口で話す男性は珍しくないが、その中でもこの社員はひどい。ぞんざいに扱われている。

ちなみに、会社を辞めたことを不動産屋に連絡してあった。契約書に記載した内容に変更があった場合、直ちに連絡することになっているからだ。

「いいえ、まだ……」

「無職のままなの？」

「はい……」

正直に答えると、禿げ頭がため息をつき、わざとらしく敬語で言った。

「そろそろ失業給付も切れましたよねえ」

会社都合の退職なので、失業給付は六ヶ月間支給されていた。その期間はあっという間にすぎ去り、今の胡桃は正真正銘の無収入であった。

「き……切れました」

「生活できてる？」

「そ……それなりには……」

嘘はついていない。楽ではないが、とりあえず生きている。

「家賃、どうするつもり？」

ストレートな質問が飛んできた。これを聞くために呼び出したのだろう。

「……何とかします」

そう答えたが、蚊の鳴くような声しか出なかった。

「何とかって、何とかなるの？」

「それは――」

何とかならない可能性が高い気もする。禿げ頭も同じことを考えているようだ。

「分かってると思うけど、このままあの部屋を借りるなら、保証人のサインと印鑑が必要だから」

胡桃が借りているのは保証人不要の物件だが、場合によっては――例えば家賃が滞った場合、保証人をつける決まりになっていた。

「書類を渡すんで、保証人のサインを親御さんからもらって、こちらに提出してもらえる？」

「それは待ってください。すぐ就職しますから」

リストラされたと両親に知られたら、田舎にこいと言われる。見合いを勧められる。それはともかく、年金暮らしの両親に心配をかけたくなかった。

「すぐって、もう六ヶ月経つじゃない。そういうの、すぐって言わないから」

正論だった。ただ言い方にトゲがある。

「もともと契約社員なんだから、収入だって少なかったでしょ？　失業給付だって雀の涙くらいだろうし、貯金もないんでしょ？」

禿げ頭が決めつけた。

言っていることは、そのとおりだ。貯金できるほどの給料はもらっていなかった。

しかし、赤の他人に言われるいわれはない。

不動産屋が家賃の支払いを気にするのは当然だが、まだ滞納したわけではないし、迷惑をかけたおぼえはなかった。真面目でおとなしい借り主だったはずだ。

「保証人が必要なのは家賃が滞った場合じゃあ――」

抗議したが、男は聞いていなかった。

「結婚の相手とかいないの？　まあいたら苦労してないか」

無礼なことを言われた。文句を言うより早く、不動産屋の女性スタッフが笑った。

その女は、これみよがしに、派手な指輪を左手の薬指につけていた。

「こらこら、笑っちゃダメだよ」

禿げ頭が口先だけの注意をした。男の顔も笑っている。最低の不動産屋だ。二十一世紀とは思えない。

席を立って帰りたかったが、今後のことを考えると腰が砕ける。アパートを追い出されたら、住むところがなくなってしまう。引っ越すにしても、無職の状態で新しい部屋を探せる自信はなく、その費用もなかった。つまり今の部屋を、この不動産屋から借り続けるしかない。

黙っていると、不動産屋が調子に乗り出した。

「笑っちゃかわいそうだろ？　この人、仕事をクビになって大変なんだから」

個人情報という言葉を教えてやりたい。ユーチューブに投稿して息の根を止めてやろうか、この野郎。

残念ながらスマートフォンは止められているし、そんな度胸はなかった。下手にネットに上げると、自分の息の根も止まってしまう。ネットとはかかわるな。平穏に暮らしていくための掟だ。

　そんな胡桃をよそに、不動産屋の二人が会話を始めた。

「みんながみんな、麻美ちゃんみたいに稼ぎのある旦那を持てるわけじゃないんだから さ」

「稼ぎがいいなんて、普通に働いているだけですよ。まあ家賃を払うくらいの甲斐性はありますけどね」

　真っ赤に塗った唇で笑った。この不動産屋にお似合いの嫌な女だ。結婚しているというだけで未婚者を見下す女は、それなりに存在する。女の敵は女であることも多い。

　もちろん男も敵だった。

「間下さん、麻美ちゃんにいい男を紹介してもらったら？　麻美ちゃんみたいに色っぽい服を着てさ。あ、似合わないか」

　あははは、うふふふと声を立てて笑った。

　我慢の限界だ。耐えられない。バカにされるために生きているわけじゃない。住むところがなくなったって知るものか。

　立ち上がり、金切り声を上げかけたとき。

　自動ドアの開く音がした。夜の空気と一緒に、誰かが不動産屋に入ってきた。

「いらっしゃいませ」

禿げ頭が営業スマイルを浮かべて立ち上がったが、客ではなかった。

「胡桃、迎えにきてやったぞ」

ポウである。イケメン王子が現れた。人間の姿で、昨日と同じ黒い着物を着ている。

「ど、ど、ど……どうして、ここに？」

胡桃は目を丸くした。

「話は後だ」

顔をしかめた。心の底から不快そうな顔をしている。今日は不機嫌王子なのか。

「帰るぞ」

ぶっきらぼうに胡桃を促した。

「帰るって……どこに？」

「喫茶店に決まってるだろ。昨日約束したのを忘れたのか？」

「昨日……」

見てはならないモノが思い浮かび赤面しかけたが、約束のことも思い出した。正体が猫だと知る前、確かに働くと言った。

「でも、アパートの契約が――」

言いかけた言葉は、ポウに遮られた。

「解約だ」

不動産屋に宣言した。

「そんな勝手な――」

抗議しようとしたが、ポウは取り合ってくれない。

「こんなくさい不動産屋の貸すアパートで暮らしていたら、おまえまでくさくなるぞ。いいのか？」

と、胡桃を脅しつけた。

「くさい？」

「顔と頭だけじゃなく鼻まで残念なのか」

無礼な言葉で言い返された。だが胡桃を侮辱したのではなかった。

「育毛剤と安い化粧品のにおいだ。鼻がおかしくなる。保健所でもないくせに、おれを殺すつもりか」

言われてみれば、そんなにおいがする。禿げ頭と女性スタッフの発するにおいだ。猫の嗅覚は、人間の十万倍は鋭い。とてつもない悪臭に包まれていることだろう。それで不快そうな顔をしているのか。さすがに気の毒に思えた。

「外で話そうか」

「そうしてくれ」

一緒に不動産屋から出ていこうとしたが、禿げ頭に呼び止められた。

「ちょ……ちょっと待て！」

「何だ？」

ポウが鼻をつまみながら振り返った。

「まだ話が終わってないんだよ。――だいたい、あなた、何者？　間下胡桃さんの何なの？」

「何者だと？　見て分からないのか？　胡桃は、おれの飼いぬ――」

その返事はアウトだ。

「雇い主です!!」

慌てて割り込んだ。飼い主だの、首輪だの言い出されたら、胡桃までヘンタイ扱いされてしまう。無職にだって――いや、無職だからこそ世間体というものがある。

「雇い主？」

禿げ頭が変な顔をした。笑わそうとしているのではなく、胡桃のセリフを疑問に思ったようだ。

「仕事決まってないんじゃなかったの？」

「それは過去のことだ。昨日決まった」

ポウが勝手に答えた。

「昨日？　あなたが雇い主？　適当なことを言ってるでしょ？」

思いきり疑われている。しかし黒猫王子は動じない。堂々と返事をする。

「氷川神社そばの喫茶店で働く約束になっている。『くろき』という店だ」

ただのアルバイトじゃないの？　家賃払えるの？

そんなふうに鼻で笑われると思ったが、禿げ頭は目をぱちくりさせただけだった。

しばし考え込んだ後、真面目な顔でポウに聞き返した。

「そこって……もしかして、黒木花さんの店？」

「そうだ。大地主の黒木花の店だ」

黒猫王子が胸を張った。

大地主だったのか。あんな立派な喫茶店をやっているくらいだから、貧乏ではないと思っていたが。

「ちなみに、おれも黒木だ。ノラじゃない」

誰も聞いていないのに、ポウが付け加えた。それは何のアピールだ？　正体をバラすつもりか？

幸いなことに、不動産屋は最後の言葉――〝ノラじゃない〟という台詞(せりふ)を聞いていなかった。

「黒木花さまのお身内でしたか」

息子か何かと勘違いしたようである。慌てた様子で居住まいを正し、言葉遣いまで変わった。

「黒木さまには、いくつかの物件の管理を任せていただいております」

花はこの不動産屋の客――それも上得意だった。

人間の多くは金持ちに弱い。相手がお金を持っているかどうかで態度を変える。目の前の禿げ頭ほど分かりやすくはないが、胡桃だって、その傾向がないとは言えない。しかし猫は違った。誰が相手でも生意気で傲慢だ。

「そうか」

鷹揚にうなずいた。王子さま顔のイケメンで、かつ着物を着ているせいで育ちがよく見える。大地主の息子と勘違いするのも仕方のないところなのかもしれない。

「黒木さまのところで働くのでしたら問題ございません」

「問題？　顔と頭以外にまだ問題があるのか？　手間のかかる胡桃だ」

「いえいえ、アパートの賃貸契約のことです。このままお使いください」

禿げ頭が揉み手しながら言った。借り手であるはずの胡桃の顔を見ていない。ポウを相手に話を進めている。ふざけた禿げだ。

ポウの受け答えも気に入らない。顔と頭に問題があることを前提にするな。こいつは胡桃を何だと思っている？

腹立たしい気持ちでいっぱいだが、アパートを追い出されずに済みそうなのはありがたい。保証人もいらないようだ。

深呼吸をし、話をまとめようとした。

「それじゃあ――」

だが、まとまらなかった。ポウが邪魔をした。

「結構だ」

ぴしゃりと不動産屋に言った。

「解約すると言ったはずだ。胡桃はアパートでは暮らさない。おれと一緒に住む」

こいつも胡桃の顔を見ていない。しつこく鼻をつまみながら、勝手に宣言した。

「一緒に？」

麻美という女性社員が、ポウの顔に見とれたまま質問した。胡桃とポウがどんな関係か、と疑問に思っているようだ。その気持ちはよく分かる。ポウの発言や態度は、雇い主のそれではない。

「ええと――」

親戚か古い知りあい的な設定で誤魔化そうとしたが、黒猫王子が台なしにした。

「そうだ。布団は一組しかないが、一緒に寝れば十分だ。胡桃、おれを抱いて寝ろ。温めてやる」

女性社員の顎がガクンと落ち、禿げ頭の目が点になった。

「今度こそ帰るぞ、胡桃」

「……はい」

もはや何を言っても手遅れだ。世間体は忘れることにした。ポウに連れられ、不動産屋を後にした。

◆

喫茶店に到着すると、ポウがコーヒーを淹れ始めた。

「胡桃にぴったりのアレンジコーヒーがある」

どう答えていいのか分からず眉間にしわを寄せていると、甘い果物のにおいが漂ってきた。

「カフェ・ド・ポム。コーヒーにリンゴ果汁とブランデーを加えて、リンゴの薄切りを浮かべたものだ」

レシピを呟き、コーヒーを運んできた。本当にリンゴが浮かんでいる。見るからに美味しそうだ。しかし、この飲み物のどこが胡桃にぴったりなのか分からない。

「リンゴを食べて知恵をつけるといい」

そういう意味か。リンゴが知恵の象徴だということくらいは知っている。わざわざコーヒーを淹れて、胡桃をバカにしたのだ。

「あんたねえ……」

「何だ？」

「何でもない」

言っても無駄だ。口では敵わない。疲れるだけだ。

ポウを睨みつけながら、胡桃はコーヒーを飲んだ。

腹立たしいが、カフェ・ド・ポムは口当たりがよかった。コーヒーの芳醇な香りでリンゴの甘さが引き立ち、ほっぺが落ちそうだ。

「すごく……美味しい」

「おれが淹れたんだから当たり前だ」

こいつの辞書には、謙遜という言葉がないらしい。

一時間かそこら一緒にいただけで、どっと疲れた。これと一緒に暮らすのか。先が思いやられる。

ため息をつく胡桃は、リンゴの花言葉に『最もやさしき女性に』『選ばれた恋』という意味があることを知らない。

三毛猫とコーヒーアマレット

コーヒーアマレット　Coffee Amaretto

コーヒーにラムとアーモンドを加えたもの。アーモンドリキュールも加えてありアルコール度数が高いので、飲みすぎると酔っ払う。

1

出会ったばかりの猫の言葉を信じるわけにはいかない。ましてや、この黒猫は性格が悪い。本当に働いていいのか、本当に喫茶店に住んでいいのか——持ち主に確認する必要があった。

カフェ・ド・ポムを飲み終えた後、さっそく花に電話した。簡単に繋がった。花は元気そうだった。胡桃の話を皆まで聞かず、こう言った。

「お二人に任せるわ。自分の家だと思って使って」

あっさり仕事と住居が決まった。よろこばしいことだが、話には続きがあった。

「けっこんなさるのよね？」

「はい？」

聞き返したのは、何を言われたのかよく分からなかったからだ。急に耳が遠くなった気がした。

すると、花がはっきりした声で言った。

「結婚するんでしょ、ポウさんと」

「は？」

結婚？

猫と結婚？

猫に引っ掻かれて血痕なら分かるが、男女が夫婦になるという意味の結婚のようだ。

いくつものハテナが頭に浮かんだ。なぜ、そんなことを言い出すのか分からなかった。何がどうなったら、そうなる？

電話の向こうで、花が謎解きを始めた。

「ポウさんから伺ったわ。恋人と喫茶店を始めるために出版社を辞めたって――会ったときに言ってくれればよかったのに」

その設定は初めて聞いた。

ポウの姿を探すと、カウンターで何やらやっている。こっちを見ようともしないが、明らかに聞き耳を立てていた。その姿を見て確信した。

花に嘘をついて店長の座を手に入れたのだ、この黒猫は。人を化かして騙すのか。とんでもないやつだ。

黒猫に騙されたとも知らず、花は話を続ける。

「結婚なさる男性と一緒なら問題ないわ」

ポウと二人で喫茶店をやるという設定に納得していた。

今さら、ポウが嘘をついた、とは言えない。すでにアパートは解約し、この家に荷物を運んである。花は古風な価値観の持ち主らしく、親が元公務員で大手出版社に勤めていたというだけで信用してくれたが、女を店長に雇う気はないようだ。

本当のことを伝えるにしても、猫が人間に化けたなんて話を信じてもらえるとは思えなかった。上手く説明する自信もない。

困った。

どうしたものか。

考え込んでも答えは見つからない。仕事と住居を失いたくはないという打算もあった。胡桃の沈黙を照れと受け取ったらしく、花が話を進める。

「ポウさんか胡桃ちゃんに、食品衛生責任者の資格を取って欲しいの」

喫茶店を任せることを前提とした説明が始まった。

飲食店には、店舗ごとに有資格者を置くことが要請されている。だが、資格といっても難しいものではない。各都道府県で行われている講習会を受講すれば取得できる。ちなみに講習会は六時間で終わり、簡単な小テストがあるだけだそうだ。

「簡単に取れるわ」

そう言うが、猫には無理だ。誰でも受講できると言っても、その誰でもの中に猫は含まれていない気がする。各都道府県も、猫の受講者は想定していないだろう。

「仕入れとか細かいことはポウさんにも伝えてあるわ」

花は〝ポウ〟という名前を不思議に思っていないらしい。きらきらネームが溢れているせいだろうか。まあ、キティやプウという名前の子供がいる世の中だ。ポウがいてもおかしくはない。そうでなくても、他人様の名前に文句はつけにくいものだ。上品な花なら、なおさらだろう。

とにかく、喫茶店をやることに決まってしまった。注意らしい注意もなく丸投げだった。

「喫茶店を潰さないでね。なるべくでいいから」

花が話を締めくくった。

なるべくでいいのか、なるべくで。

プレッシャーをかけないように言ってくれたのかもしれないが、ここが潰れたら今度こそ行き場がなくなる。

契約社員として出版社に入社してリストラされた。再就職しようと頑張ったが、どの会社にも必要とされなかった。不採用通知を受け取るたびに、おまえは不要な人間だと言われた気分になった。

せっかく見つけた職場だ。居場所でもある。もう失敗は許されない。

「絶対に潰しません。繁盛するように頑張ります」

自分に言い聞かせるように、花と約束した。

ポウが小さくうなずくのが見えた。計画通りと言いたげに。

2

受話器を置くと、ポウがカウンターで新しいコーヒーを淹れ始めた。コリコリと豆を挽き、熱湯を注ぐ。

「いい豆だ」

猫のくせに、違いの分かる男という風情で呟いた。イケメンで着物を着ているせいか、コーヒーのテレビコマーシャルに見える。花に嘘をついたことがバレたにもかかわらず落ち着いているのが腹立たしい。

「コーヒー豆のよしあしが、猫に分かるの?」

嫌みっぽく聞いてやったが、無駄だった。

「人間の分かることは、たいてい分かる。鼻も舌も人間より上等だからな」

どこまでも生意気である。イヤミが二倍になって返ってきた。必要に迫られてのこととはいえ、一緒に働くと決めたのは失敗だったのかもしれない。

ポウは続ける。

「コーヒーを見つけたのだって、人間じゃないだろ」

おそらく『カルディの伝説』のことだ。

「少年カルディの飼っている猫が、コーヒーの実を見つけたんだからな」

「猫じゃなくて山羊よ」

「似たようなものだ」

いい加減な返事が戻ってきた。山羊と猫は違うだろうと思ったが、これ以上突っ込むのも面倒くさい。

百歩譲って、猫に味が分かるとしよう。ただそれでも疑問は残っている。

「猫にお店ができるの？」

飲食店にかぎらず商売は難しい。一流と呼ばれる会社すら潰れる時代だ。胡桃の勤めていた大手出版社だって、何度か潰れかけている。

「大丈夫だ。客がくれば店は潰れない」

「そうかもしれないけど……お客さん、くるの？」

「当たり前の質問をするな。いい豆を使って旨いコーヒーを淹れれば客はくる」

違いの分かる黒猫王子が、自信たっぷりに断言した。

「それはどうかと思うけど」

胡桃は首をひねった。

商品がよければ売れる時代は終わった、と言われている。出版社で嫌というほど経験していた。いい本を作っても売れない。中身を伝えようと宣伝しても、やっぱり売れない。宣伝しただけで赤字になることも多かった。

「それは、いい商品じゃなかっただけだ」

「そんなことない！　みんな、いい本だって言ってたから！」

「みんな？　みんなはどうでもいい」

素っ気なく呟き、胡桃の目を見た。

「おまえにとって、いい本だったのか？　いい商品だったと胸を張って言えるか？　自分の作った本を大好きだったと言えるか？」

「それは……」

言葉に詰まった。使い走りだったが、それでも何十冊もの本作りにかかわった。そのすべてが〝いい本〟だったと胸を張れるか？　好きだったと言えるか？　分からない。

考えたこともなかった。言われたことを、ただやっていただけだ。自分の意志で作ったことはない。

「自分が好きだと言えないものを、他人に売れるはずがない。簡単な理屈だ」

ぐらの音も出なかった。本が売れなかったのは――リストラされたのは、胡桃自身に問題があったからだ、とポウは言っている。

「旨いコーヒーを淹れれば客はくる。おれを信じろ。自分に自信を持て」

黒猫は繰り返した。怪しげな自己啓発セミナーのようだった。

でも、ポウの言葉を笑うことはできなかった。気づいたときには、こくりとうなずいていた。

3

ポウの言葉は本当だった。

食品衛生責任者の資格などを取り終え、正式に店を開けると、それを待っていたかのように客がきた。

あたりが暗くなり始めた午後六時すぎのことである。ドアベルがカランと鳴り、二十歳そこそこの若い男が店に入ってきた。

その客は着物を着ていた。赤茶色の着物に白い襦袢、そして黒い帯を締めている。その上、着物と同系の茶色がかった髪を長く伸ばし、うしろで軽く縛っていた。

小江戸と呼ばれる川越だけあって、着物姿はそこまで珍しくない。ポウだって着物を着ている。ただ、その客は変わった話し方をした。

「まだやってるでござるか？」

「……はい」

「では、邪魔するでござる。コーヒーを一杯、振る舞って欲しいでござる」

漫画のキャラクターがしゃべるような侍言葉だった。誰もが知っている人気キャラクターになりきっているのかとも思ったが、無理にしゃべっている感じはなく、板についていた。筋金入りの漫画オタクなのかもしれない。

なりきりだろうと、客は客だ。誰にも迷惑をかけていないのだから赤の他人の胡桃が突っ込む必要はない。

「……いらっしゃいませ」

とりあえず席に案内した。

「いい香りがするでござるな。美味しいコーヒーを飲めそうでござる」

しきりに胡桃に話しかけてくる。しかも、にこにこと愛想がいい。顔立ちも可愛らしく、年上の女性にモテそうな雰囲気を漂わせていた。二十歳そこそこかと思ったが、こうして話すと高校生くらいの印象を受ける。

癒し系男子か、と胡桃は見当をつけた。可愛い顔の年下男子。生活に疲れた女性の憧れの存在だ。話しているだけで気分がよくなってきた。

「おすすめは何でござる？」

「オリジナル・ブレンドコーヒーがございます」

ポウの配合したブレンドだった。三種類の豆を組み合わせることによって、ストレートにはない芳醇な味わいを楽しむことができるらしい。伝聞系なのは、ポウが豆の配合を教えてくれないからだ。自分で見つけるものだ、と黒猫は偉そうに言っていた。

「楽しみでござるな」

「それでは、オリジナル・ブレンドコーヒーをお持ちしますね」

「ゆっくりでいいでござるよ」

「ありがとうございます」

漫画っぽい侍言葉に違和感を覚えたことも忘れ、笑顔で対応していると、性格の悪い黒猫王子が口を挟んだ。

「まげ太、よくきてくれた」

その言葉を聞いて、胡桃の笑顔が強張った。

まげ太？

どう考えても人間の名前じゃない。きらきらネームにしたってやりすぎだ。しかも、ポウの知り合いらしい。

こいつの正体は、今さら言うまでもない。黒猫が人間に化けている。そのポウの知り合いということは……。

　まさか。

　いや、早まるな。ニックネームという可能性もある。まげ太。まげ太。まげ太。ありそうなニックネームだ。胡桃は自分に言い聞かせた。

　しかし、そうではなかった。正解はまさかのほうだった。

「武士に二言(にごん)はないでござる」

「〝武士〟じゃなくて〝猫〟だろう」

　ポウが指摘すると、癒し系の美男子——まげ太が格言を言い直した。

「猫に二言はないでござる」

　つまり、まげ太も猫だった。

「よくこの場所が分かったな」

「美味しそうなコーヒーの香りに誘われたでござる」

「そうか」

「鼻には自信があるでござる」

　着物姿の美男子二人が会話を交わす傍らで、胡桃は眩暈(めまい)に襲われていた。今までの常識が音を立てて崩れていく。世界が一変してしまった。

猫が喫茶店のマスターで、客も猫なのだ。誰に言っても信じないだろう。実際、目の前の二人は、コーヒーと着物好きのイケメンにしか見えなかった。モフモフもしていないし、にゃんとも鳴かない。

ん？

ちょっと待て。

胡桃は眉間にしわを寄せた。

ポウはともかく、まげ太が猫だという証拠はどこにもない。それらしきことを言っているだけだ。

まげ太のことはよく知らないが、ポウは性格が悪く嘘つきだ。知り合いと示し合わせて、胡桃をからかうことくらいやりかねない。猫に人間の知り合いがいるのかという疑問はあるが、人間に化けて花に嘘をついたくらいである。

黒猫の言うことを信じてはいけない。

大切なことなので、もう一度繰り返す。黒猫の言うことを信じてはいけない。絶対にだ。

まげ太の正体を確かめてみることにした。

胡桃の記憶が正しければ、ポウの肌に触れた瞬間、人間が猫になった。誰にでも当てはまるものなのか分からないが、まげ太が猫かどうか確かめる手段はそれしかない。

胡桃はまげ太のそばに歩み寄り、なるべく自然に話しかけた。

「いらっしゃいませ。副店長の間下胡桃です」

右手を差し出し、握手を求めた。冷静に考えれば、ちっとも自然じゃない。外国でもあるまいし、初対面の客に握手を求める店員はいないだろう。

しかし、まげ太の反応は素直だった。躊躇(ためら)うことなく胡桃の手を握った。

「よろしくでござる」

普通の手だった。まげ太でござる、と改めて名乗った。

猫じゃなかったのか？　ポウにまた担がれていたのか？

正社員になれると信じて二十代の半分を出版社に捧(ささ)げ、あっさりリストラされた胡桃をまだ騙(だま)すのか？

イケメン王子でもヘンタイ王子でもなく、嘘つき王子だ。ろくな猫じゃない。

「あんたって猫は――」

ポウに文句を言いかけたときである。例の変化が起こった。まげ太の身体が縮み始めたのだ。

ぐぐぐ～んと縮んでいくが、まげ太と胡桃の手はつながれたままだ。小さな子供をぶら下げているような恰好(かっこう)になった。

「ぶらぶらでごにゃる」

まげ太は喜んでいる。遊んでもらっているつもりらしく、完全に胡桃に体重を預けている。無防備に信用されているようで、手を放しにくい。

やがて、頭に三角形の耳が生え、完全に猫の姿になった。着物が脱げ落ちた。

「こ……この猫は——」

見たとたんに分かった。日本人なら誰もが知っている、あの猫だ。まげ太の正体は、白・茶・黒の三色の毛を持つ三毛猫だった。しっぽが短く、ポンポンのように丸まっている。

本を作っていたときに得た知識——胡桃的辞書、自称〝クルミペディア〟によると、三毛猫のほとんどはメスで、オスは滅多にいない。三万匹に一匹程度とか、そのレベルの稀少性だ。まげ太はレアな猫ということになる。

「ジャパニーズ・ボブテイルだ」

ポウが今ごろ紹介した。ジャパニーズ・ボブテイル。招き猫のモデルになることも多く、大昔から日本各地にいるメジャーな猫である。社交的で人懐こい猫だと言われている。ちょっと接しただけだが、まげ太の性格そのままに思えた。

「正体がバレたでごにゃる」

そう言いながら鼻を寄せ、胡桃の手を軽く舐めた。ざらざらの舌でペロペロとくすぐったい。猫らしい親愛の表し方だ。

やっぱり癒し系だ。胡桃は、まげ太の頭を撫でてやった。モフモフと手ざわりが心地いい。

「気持ちいいでごにゃる」

うっとりした顔で目を細めている。本当に可愛らしい。顎の下をくすぐると、ゴロゴロと喉を鳴らした。さらにお腹を撫でようとしたところで邪魔が入った。

「店先でふざけた真似をするな」

ポウである。胡桃からまげ太を取り上げ床に置き、三毛猫の頭をぺしぺし叩いた。本気で叩いているわけではあるまいが、いい音がする。

「客なら客らしくしろ。店員の手を舐めるな」

まげ太に説教をした。

「手がダメでごにゃるにゃら、ほっぺを舐めるでごにゃる」

言うが早いか、胡桃の頬をペロリと舐めた。

「だから舐めるな！　うちのメニューには、そんなサービスはない！」

「裏メニューでごにゃる」

「勝手に作るな！」

ポウが再び三毛猫の頭を叩こうとした。性格の悪そうなイケメンが猫を苛めているようにしか見えない。

「やめなさいよ！」

三毛猫を救い出し抱き上げた。

その瞬間、ぺしんと音が鳴った。ポウの手が胡桃の手の甲を叩いた音である。ポウの手のひらが、胡桃の手の甲にヒットした。

まったく痛くなかったが、肌と肌が触れ合ってしまった。

「にゃ⁉ にゃにをするにゃっ⁉」

ポウが慌てた声で抗議したが、胡桃は落ち着いていた。何しろ、これで三度目だ。まげ太の変身を含めると四度目。いくら不思議な現象でも慣れる。

お約束のようにポウの身体が縮み、黒猫の姿になった。身につけていた着物が床にパサリと落ちた。

見た目は可愛らしい黒猫だが、性格は可愛くない。全身の毛を逆立て、胡桃を怒鳴りつける。

「おれに触れるにゃ、と言ったはずにゃ‼」

「自分で叩いたんでしょ」

「よけろにゃ‼」

理不尽である。しかも、腹立ちが収まらないのか、胡桃の額を肉球でぺしぺしと叩き始めた。

「触ってはいけにゃいと、学習するにゃ‼」

音の割に、全然痛くない。小さなゴム毬(まり)で突かれているような感触だ。これが猫パンチというものか。

感心していると、まげ太が割り込んできた。

「ポウどの、そんにゃに怒ってはダメでごにゃる。女性を叩いてはダメでごにゃる」

「しつけは大切にゃ」

胡桃がしつけられる側らしい。

「暴力では解決しにゃいでごにゃる。虐待はやめるでごにゃる」

胡桃が虐待される側らしい。

虐待というまげ太の言葉が効いたのか、ポウが猫パンチをやめ、説教口調で胡桃に言った。

「触ってはダメにゃ！　触りたくにゃっても我慢するにゃ！」

欲求不満のヘンタイか。人聞き――いや、猫聞きが悪すぎる。乙女の名誉を守るため、全力で否定した。

「触らないわよっ！　触りたいって何よ⁉　我慢って何よ⁉」

「まげ太を触ったにゃ！　舐められて、うれしそうにゃ顔をしたにゃ！」

うれしそうな顔なんて――したかもしれない。癒されたのは事実だ。その点には触れず、胡桃は反論する。

「猫かどうか確かめようと思っただけよ！」

すると、ポウが爆弾発言をした。

「確かめる必要はにゃい！　この喫茶店には猫しかこにゃい予定にゃ！」

「え……？」

意味が分からないと言いたいところだが、何となく分かってしまった。

「もしかして……猫を客にするつもり？」

「他にどんにゃつもりがあるにゃ？　最初からそのつもりにゃ。今さら何を言ってるにゃ」

今さらも何も初めて聞いたことである。

「猫を客にするって――」

突っ込みどころが多すぎて、逆に言葉が出てこない。あまりの展開に目が回りそうだった。

「何を驚いてるにゃ？　問題があるのかにゃ？」

「誰だってびっくりするわよっ！　も……問題だらけよっ！」

「どんにゃ問題にゃ？」

ポウが追及してきた。

「猫はお金を持ってないでしょ？」

お金を持っていなければ客にならない。

的を射た指摘だと自負したが、外れていた。

「コーヒー代くらい持ってるでごにゃる」

まげ太が口を挟んだ。不本意そうな顔をしている。

「お金がにゃかったら、お店にはこにゃいでごにゃる。拙者、無銭飲食はしにゃいでごにゃる」

前足を自分の着物に入れ、爪で小さな巾着を引っ張り出した。そして、胡桃の足もとに置いた。じゃらりと音が鳴った。

「何？」

「開けてみるでごにゃる」

「問題の答えが入っているにゃ」

猫二匹に促され巾着を開くと、何十枚もの硬貨が入っていた。五百円玉が何枚も混じっている。胡桃の財布の中身より多い。思わず手を伸ばしそうになったが、意志の力を総動員して堪えた。

「……どうしたの、これ？」

「落ちてるお金を拾って貯めたものでごにゃる」

「なるほど」

納得できる返事だった。落ちているお金の総額は、自動販売機の下に四〜五億円、自動販売機に限定しなければ東京都だけで何十億円もあるという。それを拾い集めたのだろう。

落し物をネコババするのは犯罪だが、猫に法律は関係ない。好きなだけお金を拾うことができる。

つまり、猫たちは金持ちだった。まげ太の言ったように、コーヒー代くらいは持っている。

胡桃はうつむき、考えた。喫茶店で黒字を出すのは難しい。ライバル店も多く、大資本の有名チェーンにも勝たなければならない。最近では、コンビニでも淹れ立てのコーヒーを売っている。猛者たちが客を奪い合っていた。

それに引き換え、猫を客と見込んだ喫茶店は存在しない。少なくとも聞いたことがない。言ってみれば競合のない世界だ。ライバルのいない分だけ勝算があるような気がする。

「わ……分かった。言うとおりにする」

「分かってくれたか」

「ほら、拙者の言った通りでござろう。話せば分かるでござるよ」

猫たちの口調と雰囲気が変わった。

顔を上げると、景色が一変していた。手を伸ばせば届くところに、イケメンと美少年が立っていた。人間バージョンのポウとまげ太である。胡桃は息を飲んだ。

人間に化けるのはいいのだが、ポウもまげ太も着物を着ていなかった。ナニも隠さず、真面目な顔で胡桃を見ている。

素っ裸でこっちを見ないで欲しい。

正面を見せないで欲しい。

悲鳴を上げる気力も残っていなかった。この二、三日の間に、何度、男の裸を見たことか。嫁入り前の娘が、若い男の裸に慣れつつあった。

「……早く服を……着て」

せめて前を隠して欲しい。胡桃は二人に頼んだ。


「ここに置いて欲しいでござる」

数分後、まげ太が言った。

擬人化した猫たちは、胡桃の願いを聞き入れ、着物を身につけていた。着物姿のイケメン二人が、目の前に並んでいる。

真っ裸の男に頭を下げられるという事態は免れた。それはいいのだが、まげ太が何を頼んでいるのかが分からない。

「置くって何を？」

「拙者でござる。この喫茶店で飼って欲しいでござる」

「え？　……それって、ここで暮らしたいってこと？」

「さようでござる」

癒し系男子がこくりとうなずいた。

ポウに続き、まげ太にも飼って欲しいと言われた。人生に三度は訪れると噂に聞く、モテ期というやつか、これが。

しかし、人間の姿をしていても正体は猫である。心を乱されることなく話を進めた。

「今まで飼われていた家はどうするつもり？」

胡桃が聞くと、まげ太が驚いた顔をした。

「どうして、飼い猫だと分かったのでござるか？」

「そりゃ分かるわ」

人間に触られても平然としていたし、猫になった姿を見ても毛並みがよかった。ブラッシングされている毛並みだ。いくら人間に変身できても、自分でブラッシングはできないだろう。人間に化けたら、モフモフはなくなってしまう。

ただ、それを言うと、ポウも素直に胡桃に抱かれたし、黒い毛並みは艶（つや）やかで美しかった。すると、こいつも飼い猫か？

それにしては家に帰った形跡もなく、出会ったときからしてダンボール箱に入っていた。性格が悪すぎて捨てられたのか？　その気持ちもよく分かる。

だが、それにしては堂々と――というか、偉そうだ。捨てられたのではなく、飼われている家から脱走したという可能性もある。いかにも待遇に文句を言って、飛び出しそうな顔をしている。

「家出でござる」

「……やっぱり」

思わずうなずいたが、それはまげ太自身の話だった。

「もうあの家では暮らせないでござる」

そう言って肩を落とした。泣きそうな顔をしている。

癒し系の年下男子がしょんぼりしていると、放っておけない気分になる。母性本能をくすぐられるというやつなのかもしれない。

「何があったの？」

胡桃は事情を聞いた。

「拙者の主人――飼い主の恵どのの前にストーカーが現れたのでござる。一緒にいると危ないでござる」

物騒な事件が、客のこない喫茶店に持ち込まれたのであった。

4

翌朝、胡桃は出かけた。

喫茶店の外には、前に見かけたトラ柄の親子猫がいて、お出かけ姿の胡桃を見て挨拶した。

「いってらっしゃいにゃ」

「うん。いってきます」

答えてから、はっとした。当たり前のように猫と会話している。まったく違和感がなかった。猫がしゃべる世界に順応しつつあるようだ。人間として危険な領域に差しかかっている気がするが、まあ今さらか。

「クルマに気をつけてね」

親子猫に手を振って、歩き始めた。

この日、胡桃は、喫茶店を開ける前の時間を利用して、川越一番街商店街にいこうとしていた。

一番街は川越観光の中心地である。「蔵造りの町並み」とも呼ばれ、江戸情緒あふれる土蔵造りの店が立ち並んでいる。時の鐘や菓子屋横丁も一番街にあった。重要伝統的建造物群保存地区に指定され、電線が地中化されている。一言で説明するなら、電線のない美しい町だ。

住人の目から見ても興味深い町だが、一番街に向かっているのは、観光のためでも菓子屋横丁の菓子を買うためでもなかった。用事があった。

胡桃の足もとでは、黒猫と三毛猫が頭を並べて歩いている。一見すると猫を連れて散歩しているようだが、連れられているのは胡桃のほうだった。

「この通りの先で、食べ物屋さんをやってるでごにゃる」

「あと五、六分で着くにゃ」

まげ太とポウが教えてくれた。

さっきから二匹は自由にしゃべっていた。平日の午前中とはいえ、それなりに人通りがあった。注目を浴びている気がする。

視線が気になり、ポウとまげ太がしゃべるたび、「違うのよっ！　猫がしゃべってるわけじゃないからっ！　ふ……腹話術よ」と口走りかけた。

「何をおどおどしてるにゃ」

「怪しいでごにゃるよ、胡桃どの」

猫に注意されてしまった。

「人目もあるし、あんまりしゃべらないほうが……」

と言うと、ポウが馬鹿馬鹿しいと言わんばかりの顔で鼻を鳴らした。

「猫の言葉が分かる人間は、胡桃くらいのものにゃ」

「ポウどのの言うとおりでごにゃる。拙者の知るかぎり、猫と話せるのは胡桃どのだけでごにゃる。レアでごにゃる」

三毛猫のオスに感心された。二匹の猫が口々に言う。

「ツイてるにゃ、胡桃」

「ラッキーでごにゃる」

バカにしている様子はない。本気でそう思っているみたい。

——私はツイてる。

声に出さずに呟いてみたが、納得できなかった。猫の言葉が分かって何のメリットがあるというのか？

「人生が豊かににゃるにゃ」

「うらやましいでごにゃる」

そうか、うらやましいか。それはよかった。

でも、人生って何だろう？

首を傾げながら、胡桃は川越の道を歩いた。

そうこうしているうちに、香ばしい匂いが漂ってきた。

日本人に馴染(なじ)みのある、醤油(しょうゆ)と米を焼いた匂いだ。鰹節(かつおぶし)と昆布の香りも混じっている。

「あれが拙者の飼われていた家でごにゃる」

まげ太の視線の先にあったのは、焼きおむすびを売っている小さな店だった。民家の軒先に屋台をつけたような店で、実際この建物の中で暮らしているのだろう。生活の匂いがした。

店の脇の壁に、『迷い猫、捜しています』と貼り紙があった。まげ太の写真が印刷されている。

店先に目を移すと、二十歳そこそこに見える若い女の子が、おむすびを炭火で焼いていた。

「恵どのでごにゃる」

まげ太の飼い主だった。

「可愛い……」

思わず呟いてしまった。小柄で童顔、まるっきり漫画に出てくる妹キャラだ。異性だけでなく同性にもモテるに違いない。

「気を落とすにゃ。生き物の価値は顔じゃにゃい。愛嬌にゃ」

何も言っていないのにポウが慰めてくれたが、

「恵どのは愛嬌もあるでごにゃる」

まげ太が余計なことを言った。そして、それは事実だった。

平日の昼間にもかかわらず、店は繁盛しており、ひっきりなしに客がやってくる。

たった一人でおむすびを焼きながら、にこやかに対応していた。忙しいだろうに、面倒くさそうな顔一つ見せない。恵に話しかける客も多かった。

ただ、客をさばききれておらず、一人で切り盛りするのは無理があるように思えた。

注文待ちの客がたまっていく。

「家族三人でやっている店でごにゃる。お父上とお母上がいるでごにゃるよ」

それなら分かる。三人いれば客もさばききれるだろう。

しかし、父親と母親の姿はなかった。恵しか見当たらない。

胡桃が質問するより早く、まげ太が口を開いた。

「恵どののお父上は入院中でごにゃる」

「入院？」

「年を取ると、いろいろあるでごにゃるよ」

まげ太がわけ知り顔で答えた。

「たくさん検査するところがあるでごにゃる」

「金も時間もかかりそうだにゃ」

「しばらく入院することににゃったでごにゃる」

三毛猫が事情を説明した。

「お母上は看病しに病院にいってるでごにゃる。恵どのが店を任されているでごにゃるよ」

状況は把握できた。店を休むほどの蓄えもないのだろう。固定客を逃したくないという気持ちもあるのかもしれない。

「手伝ってあげればいいじゃない」

胡桃は言った。猫に手伝えは無茶だが、まげ太は人間になれる。正体を明かさずとも手伝う理由など捻り出せばいい。不愛想なポウと違って、愛想のいいまげ太なら接客も上手にできるだろう。年上の女性客に人気が出ることは間違いない。

だが、まげ太は賛成しなかった。胡桃の言葉を聞いて豹変した。

「お断りでごにゃる！」

毛を逆立てて言い放ったのであった。おとなしいまげ太が怒っている。短いしっぽを膨らまし、がなりたてる。

「恵どのはストーカーに狙われてるでごにゃる！　一緒にいたら危にゃいでごにゃ

る！　手伝いにゃんて嫌でごにゃる！　近づきたくにゃいでごにゃる！」

「ストーカーに狙われてるなら、それこそ近くにいてあげないとダメでしょ」

父親が入院し、母親が留守がちなら、なおさら一緒にいるべきだ。

やさしいまげ太なら分かってくれると思ったが、三毛猫は激しく首を振って拒んだ。

「一緒にいるのはごめんでごにゃる！　自分の身がいちばん大切でごにゃる！」

「だから——」

「お説教は聞きたくにゃいでごにゃる！　恵どのの近くにいるのは嫌でごにゃる！

あの家にいるのは嫌でごにゃる！　胡桃どのはバカでごにゃるっ！」

言うだけ言って走り去ってしまった。バカでごにゃる、バカでごにゃる、と木霊した。

「ちょっ……ちょっと、まげ太っ！」

追いかけようとしたが、できなかった。ポウが足もとに飛び出してきていく手を遮ったのだ。

「放っておくにゃ」

黒猫が通せんぼうする。

「どいてよ」

「断るにゃ」

胡桃のいく手を塞ぎ続ける。

「どうして邪魔するのっ？」

「まげ太を連れ戻してはにゃらにゃいにゃ」

黒猫が語り始めた。

「まげ太には——猫には、飼い主と一緒にいるかどうか決める権利があるにゃ」

「権利って——」

「猫が飼い主を見かぎることは珍しくにゃいにゃ」

ある日突然飼い猫がいなくなったという話はよく聞く。猫が飼い主を見かぎっていたのか。

「まげ太は恵を見かぎっただけにゃ。飼い猫の当然の権利にゃ」

たいていの猫は飼い主を選べない。嫌な飼い主から逃げ出す権利は、確かにあるのかもしれない。

「でも……そんな……冷たい……」

ポウが胡桃の目をのぞき込み、突き放すようにこう言った。

「人間が猫を捨てるのは冷たくにゃいのか？　飼い主に虐待されたり、保健所に送られる猫も多いにゃ」

「そ……そうかもしれないけど……」

「危にゃいものに近づかにゃいのは当然にゃ。無理に連れ戻してストーカーに殺されでもしたら、どうするつもりにゃ？　まげ太の命は飼い主のものではにゃく、まげ太のものにゃ」

飼い主に嫌がらせをする目的で、猫を虐待する人間もいる。まげ太が狙われることは十分にあり得た。誰だって危ない目には遭いたくない。逃げたくなる気持ちも分かった。

「だからって、走り去らなくても……」

すでにまげ太の姿はなかった。

「それだけ危険ということにゃ」

ストーカーが迫っているということか。

「いったい、どうしたら……」

途方に暮れて黒猫に聞いた。これだけ偉そうなことを言ったのだから、考えがあると思ったのだ。

だが、それは間違いだった。

「ご飯にするにゃ」

颯爽と言うなり、おむすび屋に向かっていった。まげ太を心配している様子はない。

ろくでもない猫だ。聞いた自分がバカだった。

「勝手に食べれば」

そう言ったとたん、腹の虫がキュルルと鳴った。いつの間にか昼食の時間をすぎていた。焼きおむすびの匂いが胡桃を呼んでいる。

「……私も勝手に食べるから」

ポウの後を追いかけた。

5

まげ太の飼い主の店の看板商品は、醤油味の焼きおむすびに鰹節をたっぷり載せた『ねこまんま焼きおむすび』だった。炭火で焼きながら熱々を売っている。

胡桃は、その『ねこまんま焼きおむすび』を二個買った。牛肉と味噌を混ぜた焼きおむすびも気になったが、財布の重さと相談してスルーした。これ以上、財布を軽くするわけにはいかない。喫茶店が軌道に乗って余裕ができたら食べにこよう。

鰹節の香りのする焼きおむすびを手に持って、邪魔にならないよう道の端に寄った。

我慢できず焼き立てにかぶりついた。

火傷しそうなほど熱かった。ほふほふと口の中で転がすと、香ばしい醤油と米、鰹節の味が広がった。

「美味しい……」

焼きおむすびを飲み込み、思わず呟いてしまった。日本人のほとんどが、旨いと言いそうな味である。川越の食べ物は安価でレベルが高い。

「ポウも食べたら」

鼻先に近づけても、食べようとしない。焼きおむすびを避けるように、そっぽを向いている。その様子を見てぴんときた。

「もしかして猫舌？　熱くて食べられないとか？　まあ猫だもんね。ふうふうしてあげようか？」

「…………」

「もう冷めたわよ。鰹節、美味しいぞ～」

「…………」

「お～い」

「…………」

反応がなかった。この態度は納得できない。

猫に鰹節。辞書にも載っている。ご飯に鰹節をかけたものを「ねこまんま」と呼ぶくらいだ。誰もが知っている猫の大好物である。

普通飛びついてくるだろ？

澄ました顔をしてクールビューティを気取ってるのか？

ちょっとぐらいイケメンだからと言って、調子に乗っている。焼きおむすびだって無料ではないのに。

「黙ってないで何か言ったら!?　私の焼きおむすびが食べられないって言うの!?」

ポウに言ってやった。腹立ち紛れに言ったせいで、若干声が大きくなってしまった。それがいけなかった。

くすくす笑う声が背後から聞こえた。

――しまった。

猫としゃべっているところを誰かに聞かれた。まずい。大騒ぎになってしまう。慌てて振り返ると、見おぼえのある女の子が立っていた。

「猫に鰹節をあげちゃダメですよ」

声をかけてきたのは、まげ太の飼い主の恵だった。

「猫ちゃんとお散歩ですか？」

恵がにこやかに話しかけてきた。

猫好きと呼ばれる人々には、猫を見つけると放っておけない習性がある。まげ太の飼い主――小野寺恵も、そんな一人のようだ。

間近でみると、恵はいっそう妹キャラだった。眼鏡をかけ、長い黒髪を三つ編みにしている。真面目な高校の学級委員か図書委員といった感じの妹キャラである。

そのイメージそのままの口調で、恵が教えてくれた。

「猫に鰹節は毒なんですよ」

「あ……」

言われて思い出した。鰹節や煮干しにはマグネシウムやリンが多く含まれており、結石を起こす原因となる。塩分も猫の健康を害する。

出版社に勤めていたときに、そんな原稿を読んだことがあった。いろいろありすぎて、すっかり忘れていた。

「食べられないって言えばいいのに」

胡桃はポウを睨みつけ、そして、はっとした。恵が近くにいるのに、いつもの調子でポウに話しかけてしまった。これじゃあ痛い人だ、と思ったが、猫好きにとって猫に話しかけるのは普通のことらしい。

「二枚目ですねえ」

恵がポウに話しかけた。しゃがみ込み、一休みといった体である。すっかりくつろいでいた。

店はいいのかと目をやると、恵の代わりに三十歳くらいの男がおむすびを焼いている。がっちりとした体格の男だった。おむすびを焼く手つきが、どこかたどたどしい。アルバイトなのかもしれない。風邪を引いているのか、衛生に気を遣っているのか、大きなマスクで鼻と口を隠していた。

目の前には恵がいる。

ストーカーのことを聞く絶好のチャンスだったが、どう質問していいのか分からない。ストーカー被害に遭っているんですか、と単刀直入に聞くのも躊躇われた。何しろ情報源は猫である。話の切り出し方が難しい。

考え込んでいると、恵が胡桃の顔をのぞき込み、心配そうに問いかけてきた。

「どこか具合が悪いんですか？」

見かけ通り、やさしい性格の持ち主のようだ。恵の言葉は思いやりに溢れていた。ますます放っておけない。本物の妹みたいに思えてきた。

「思い込みと勘違いだけで生きてるにゃ」

それまで黙っていた黒猫が、胡桃の内心を見透かしたように呟いた。絶対にバカにしている。

「どういう意味よ!?　言いたいことがあるなら、はっきり言いなさいよ」

ポウに文句をつけると、恵が笑った。何となく仲よしになってしまった。

どう話を切り出そうかと考えながら、『迷い猫、捜しています』の貼り紙に目をやると、胡桃の視線に気づいたらしく、それまで笑っていた恵の顔が陰った。

「うちの猫、どこかにいっちゃったんです」

恵のほうから核心に近づいてきた。

「家出しちゃったんですか？」

「目を離した隙に飛び出して、そのまま走っていっちゃったんです。今まで、こんなことなかったのに……」

心の底から悲しんでいた。こんないい子を見捨てるなんて猫の風上にも置けない。憤慨するあまり呟いてしまったのか、ポウが首を傾げた。

「猫の風上って何だ？」

そんなもん知るか、言葉の勢いだ。

「思い込みと勘違い、勢いだけで生きてるにゃ」

それだけあれば十分だ。黒猫を無視して、恵に向き直った。

「家出する前に何かありませんでしたか？」

「何かって……」

「見慣れない人が、家の近くをうろついているとか」

「観光地ですから」

そうだった。このあたりは見慣れない人だらけである。しかし、恵の様子からはストーカーに悩んでいるようには見えない。

ストーカーなんていないのかなあ――。

声に出さず呟いたつもりが、ポウが聞きつけた。

「ストーカーは存在するにゃ」

はっきり断言した。まげ太もストーカーに怯えていた。恵だけが気づいていないのか？　被害を受けている張本人だけが気づかないなんてことがあり得るのか？

「鈍いにゃ」

黒猫が呟いた。失礼な言い草だが、見るからに恵は天然ぽい。

尋ねあぐねているうちに店が混み始め、恵は戻っていった。

その背中を見送りながら、ポウのしっぽが小さく揺れていた。何か言いたげなのに、何も言わない。

胡桃も自分の店を開けなければならない。何の手がかりもつかめないまま、胡桃とポウは喫茶店に帰った。

恵の店の名前は『ねこまんま亭』と言う。名物の『ねこまんま焼きおむすび』にちなんだ名前なのだろう。ベタで分かりやすい。

胡桃は喫茶店を閉めた後、再び『ねこまんま亭』に舞い戻ってきていた。

「冬も近いな」

そう言ったのは、人間バージョンのポウである。いつもの黒い着物を身につけ、頭陀袋風のバッグを斜めにかけている。日が暮れたとたん、人間になったのだった。

今さらだが、昼間は人間になれないのだろうか。日中は黒猫の姿でいる。疑問に思って聞くと、

「昼間は控えている。猫は夜型だからな」

分かったような、分からないようなことを言い出した。

「一日に何回化けられるかとか決まってるの？」

「体調による」

猫の生態には謎が多い。ぺらぺらしゃべるつもりはないみたいだ。猫自身、自分のことが分かっていないのかもしれない。

それはともかく、事件の話である。

喫茶店を早々に閉めて、『ねこまんま亭』に戻ってきたのは、ストーカーのことが気になったからだけではない。まげ太を捜していたのだ。「胡桃どのはバカでごにゃる！」と身も蓋もない捨て台詞を残して走り去ったまま、行方不明になっていた。恵の店に帰った形跡もなく、『迷い猫、捜しています』の貼り紙がいまだに壁に貼って

ある。

　ポウが「まげ太はねこまんま亭に戻ってくる」と断言したのだった。

「猫は帰巣本能が強い動物だ。クルマに轢かれてなければ、飼われていた家に帰ってくる」

　縁起でもないことを平然と言った。

　その理屈は分からなくもない。犬は人につき猫は家につく、という諺があるくらいだ。謎なのは、焼きおむすび屋を訪問もせず、物陰でこそこそしていることである。

「どうして隠れなきゃならないのよ？」

　これでは胡桃とポウがストーカーのようだ。

「黙って見てれば分かる」

　ポウは説明しない。猫というのは自分勝手で、気が向いたときしか人間の相手をしない動物だが、人間の姿をしていても、その習性は変わらないらしい。

　譲りに譲って隠れているのはいいにしても、場所が悪い。

　物陰に隠れていると言っても、『ねこまんま亭』の死角にいるだけで、通行人には丸見えだった。

「あの男の人、カッコイイ。モデルかなあ」

「そうかも。付き人っぽい地味な女の人が一緒にいるし」

道ゆく人々の囁き声が聞こえた。無駄に注目を集めている。部活動帰りとおぼしき女子中学生や女子高校生が集まり始めていた。ポウの写真を撮ろうとしている女子まで いる。

人間の男性ならよろこびそうなシチュエーションだが、猫は過度に構われるのを嫌う。ましてやポウは愛想のかけらもない性格である。

「邪魔するな。あっちにいけ」

邪険に追い払おうとするが、若い女の子たちはハートが強い。不機嫌な態度を取られても、きゃあきゃあ騒いでいる。夜の川越で目立っていた。このままでは、張り込みにならない。

「おれがここにいるのが、そんなにおかしいのか？」

女の子たちが一斉にうなずいた。物陰に不似合いなイケメンという意味だろう。

しかし、ポウは勘違いした。

「おれはノラじゃない」

ノラ猫扱いされていると思ったようだ。もちろん、そう思ったのはポウだけである。

「ノラ？」

「誰？」

「モデル仲間の名前じゃない？」

「聞いたことあるかも」

ますます騒ぎが大きくなった。

何人もの女の子たちがスマートフォンをいじり始めた。ラインだかツイッターだかに書き込むつもりなのだろう。

その様子を見て、ポウが再び勘違いした。

「保健所を呼ぶつもりか？」

ノラ猫がいる、と通報されると思ったようだ。女の子たちに向かって語り始めた。

「おれはちゃんとしたペットだ。飼い主と一緒にいるんだから問題なかろう」

「ペット!?　か……飼い主!?」

女の子たちが、ぎょっとした。その先の展開が読めた。こそこそと逃げようとしたが、間に合わなかった。ポウが胡桃の袖をつかんだ。

「おれはこいつのペットだ。ポウが胡桃に飼われている。主人と下僕の関係だ。今度、首輪を買ってもらう」

「ええ……」

女の子たちが一気に引いた。胡桃だって引いている。名前を出されるとは、もらい事故にも程がある。

やけくそ気味に笑みを浮かべると、彼女たちは目を逸らし、ポウの近くから立ち去った。あっという間に誰もいなくなった。

「やっぱり首輪は必要だな」

黒猫王子が満足げにうなずいた。早く買ってくれとばかりに、こっちを見ている。

胡桃も女の子たちと一緒に立ち去りたかった。

「寒くなってきたな」

何事もなかったかのように、ポウが言った。

「寒すぎるよ」

胡桃が答えると、

「温めてやる」

イケメンだけに許された台詞(せりふ)を口にし、斜めにかけていた頭陀袋風のバッグから、マグボトルを取り出した。

その蓋を開け、胡桃に差し出した。湯気と一緒に、コーヒーとお酒のにおいが鼻に届いた。

「何これ？」

「コーヒーアマレットだ。コーヒーにラムとアーモンドリキュールを入れ、クラッシュしたアーモンドを加えてある」

特製のアレンジコーヒーだった。こんなものを作っていたとは気がつかなかった。

「飲んでみろ」

「うん」

アーモンドとコーヒーの香りに誘われ、胡桃はマグボトルに口をつけた。

「美味(おい)しい……」

ほっとする大人の味だった。砂糖も入っているらしく口当たりが柔らかい。身体がポカポカと温まってきた。

「アルコールがダメなら飲まないほうがいい」

飲んでから言うなとは思ったが、アルコールは苦手ではなかった。むしろ好きなほうだ。

もう一口、もう一口と飲んでいると、恵が店じまいを始めた。胡桃とポウには気づいていない。

相変わらず両親の姿はないが、昼間も見た、がっちり体形の男が恵を手伝っていた。寄り添うように会話をし、笑い合っている。ときどき男が恵の頭を撫(な)でた。

鈍い胡桃にも、二人がただの雇い主とアルバイトではなく、恋人同士的な何かだと分かった。阿吽(あうん)の呼吸で看板を片づけ、店の前の掃き掃除を始めた。

恋人と一緒にいるのなら、ストーカーの出る幕はないような気がする。がっちり体形の男は、見るからに強そうだ。大学の柔道部といった印象だ。

やがて二人は掃除を終え、店に入っていった。今日の労働は終わりらしい。それなのに胡桃の張り込みは終わらない。ポウが帰らせてくれなかった。

「ストーカーなんていなかったんじゃないの？　まげ太の勘違いじゃあ……」

改めて疑問に思った。胡桃がストーカーなら、この彼氏を見た瞬間に諦める。下手なことをしたら絞め殺されそうだ。

「いや、ストーカーはいる。命にかかわる事件だ。犠牲を出したくなかったら黙って見てろ」

黒猫が改めて断言した。不吉な予言のように聞こえた。


そのころ、一つの影が『ねこまんま亭』の裏口に近づこうとしていた。表側を見張っている胡桃は気づいていない。

ポウの言うようにストーカーは存在した。見知らぬ第三者ではなく、これまで会ったことのある者がストーカーだった。

『ねこまんま亭』に危険が迫っていた。

6

まげ太は、夜道をとぼとぼ歩いていた。人間ではなく三毛猫の姿をしている。しょんぼり頭を垂れていることもあって、迷子になった猫に見える。

実際迷子のようなものだ。胡桃に怒りをぶつけ、飛び出してしまったので、喫茶店を頼ることもできない。知り合いのボス猫に話せば、野宿する場所を教えてくれるだろうが、それも気が進まない。ノラ猫として生きていく自信はなかった。

「拙者、ぐずでごにゃるからにゃ……」

まげ太は独りごちた。

恵に拾われたときも、まげ太は夜道をとぼとぼ歩いていた。もう半年以上も前のことだ。そのころのまげ太は生後四ヶ月くらい——人間に換算すると、六歳か七歳くらいだろうか。

物心ついたときは飼い猫だった。おぼろげながらそのころのことを覚えている。飼われていた家を飛び出し、歩いているうちに迷子になった。祭壇に写真と線香が置かれていた記憶があるので、あるいは飼い主が死んでしまったのかもしれない。人間の寿命は、まげ太には分からない。猫よりずっと長生きのはずが、あっさり死んでしまったりする。

とにかく、まげ太は独りぼっちだった。

ずっと人間に飼われていた仔猫にとって、町は危険だらけだ。獰猛なカラスもいれば、クルマやバイクも走っている。何度も襲われかけ、轢かれかけた。

お腹も空いていたし、何だか寒かった。空を見上げると、白い雪がちらちら降り始めていた。道が真っ白に染まった。

「もう歩けにゃいでごにゃる」

ぺたりと座り込み、身を縮めるように丸まった。その背中や鼻先に雪が積もっていく。冷たいと感じることさえできなくなりつつあった。身体を動かすことができず、雪を払い落すことができない。

「このまま死ぬのでごにゃるかにゃあ……」

白い息を吐きながらそう呟いた。死ぬことを覚悟し、今まであった楽しいことを思い浮かべようとした。短い一生だったけれど、死ぬときくらいは楽しい気持ちでいたい。生まれてきたことに感謝して死にたいと思ったが、物心ついたばかりのまげ太には思い出がなかった。

祭壇の写真と線香。駆け抜けていくバイク。真っ黒なカラス。そして、白い雪……。

それが、まげ太の一生のすべてだった。母猫のことも父猫のこともおぼえていない。

雪がみぞれになり、身体を濡らし始めた。まげ太は目を閉じた。もう何も見たくなかった。

永遠とも思える静寂の後、まげ太の身体がふわりと上昇し、柔らかな温もりに包まれた。自分の身に何が起こっているのか分からず、死んでしまったのかと思った。これで楽になれるとも思った。

そのとき、まげ太の耳にやさしい声が届いた。

「大丈夫？」

人間の声だった。

力を振り絞って目を開くと、眼鏡をかけた少女の顔があった。まげ太は彼女に抱き上げられていた。

これが恵との出会いだった。

その日のうちに、恵はまげ太を動物病院に連れていってくれた。動物のお医者さんがまげ太を診てくれた。病気や怪我はなかったが、衰弱していたため動物病院に入院した。すぐ退院できたが、迷惑をかけてしまった。

「大金を使わせてしまったでごにゃる」

動物病院からの請求書を見て、恵は困った顔をし、彼女の両親は苦笑いを浮かべた。

人間の病院より高かったようだ。

それでも、まげ太を家に迎え入れてくれた。美味しいエサをくれ、温かい寝床を与えてくれた。一緒にアニメを見た。店に出れば客たちが頭を撫でてくれた。楽しい思い出が一つ、また一つと増えていった。

恵はやさしかった。お父上とお母上も、まげ太に親切にしてくれた。まげ太のために猫用の煮干しに手を加え、頭を取って水でふやかしてくれた。

「みんな大好きでごにゃる」

ずっと死ぬまで、この家に飼われていたいと思った。

——でも無理だった。

恵の父親が倒れ、ストーカーが現れた。焼きおむすび屋は安住の地ではなくなった。一緒にいたら命が危ない。

「拙者、おいとまするでごにゃる」

まげ太は、『ねこまんま亭』を飛び出した。二度と帰るつもりはなかった。これから先は、恵と会わずに生きていくつもりだった。

それなのに、いつの間にか『ねこまんま亭』の近くにやってきていた。目の前に裏口が見える。

「戻ってきてしまったでごにゃる……」

まげ太の意志が弱いというわけではない。猫は家につく。やさしく飼われていた家を忘れることができないのは当然だ。

「拙者、もう焼きおむすび屋のまげ太ではにゃいでごにゃる。近づいてはダメでごにゃる」

自分に言い聞かせ、『ねこまんま亭』に背を向けた。大好きだった場所から遠ざかろうとした。

……と。

そのとき、まげ太の耳が小さく動いた。

人間の足音が聞こえた。

人間のにおいが近づいてきた。

知っている足音とにおいだった。二度と会いたくないと思っていた男の足音とにおいだ。

その男は、まげ太の前で立ち止まり言った。

「恵の猫だな？　そこにいたのか。やっと見つけたぞ。こっちにこい」

恐れていたストーカーが現れたのだった。

恵だけでは飽き足らず、まげ太を捕えようとする。ずっと追いかけられていた。

「おとなしくしてろよ。おれが可愛がってやる」

男の手が伸びてきた。力のありそうな大きな手だった。

「逃げるでごにゃる！」

まげ太は走り出した。ストーカーに捕まるわけにはいかない。

「こら待て！」

男の怒鳴り声が響いた。

『ねこまんま亭』に近寄るんじゃなかった。命を危険に曝してしまった。男の足音がしつこく追いかけてくる。

ストーカーは足が速かった。このままでは追いつかれてしまう。ただ走っているだけではダメだ。

塀を駆け上がろうとしたが、ずるりと滑ってしまった。慌てすぎたせいだ。塀際で見事に転んだ。

立ち上がる暇もなく、ストーカーに追いつかれた。

「手間をかけさせるなよ」

男が呟き、再び手を伸ばしてきた。今度は逃げることができない。完全に追いつめられた。

「危にゃいでごにゃあああ!! 誰か助けてくだされえええ!!」

まげ太は叫んだ。

7

まげ太が悲鳴を上げる少し前のことである。

店じまいしたはずの『ねこまんま亭』から、恵が飛び出してきた。あたりをキョロキョロと見回し、それから走り始めた。誰かを捜しているようだが、胡桃とポウには気づいていない。

こんな時間にどこにいくのかと見ていると、ポウが呟いた。

「いくぞ」

そして、恵を追いかけた。

人間の姿をしているが、猫である。獲物を狙う獣のように動きが素早い。胡桃が駆け出したときには、すでに恵に追いついていた。

「きゅ……急に何⁉　い……いきなり……走らないでよ」

どうにかポウに追いつきはしたが、息も絶え絶えだった。運動不足のアラサー女子を急に走らせないで欲しい。

「あ……昼間の――」

恵が目を丸くした。人間バージョンのポウとは初対面なので、おのずと質問する相手は胡桃になる。

「こんな時間に、どうしてここに？」

「ええと……ダイエットしようと思ってウォーキングを」

苦し紛れに答えると、「なるほど」と納得された。それはそれで問題がある。ダイエットが必要な体形に見えるのか？

喫茶店で暮らし始めてから、ほんの少し太った気がするが、まだ標準体重の範囲内のはずだ。絶対にデブじゃない。私はデブじゃない。太ってなんかいない。

呪文のように唱えていると、ポウが恵に話しかけた。

「ずいぶん急いでるようだが――」

我に返ったように、恵が顔色を変えた。

「あっ」

いきなり走り出そうとする。――また走らされるのはごめんだ。胡桃は恵を呼び止め、ようやく質問した。

「どうかしたんですか？」

「晴彦さんを――昼間働いていた男の人を捜してください！」

恵が大声を上げた。

晴彦さん？　恋人のことか。人物に名前をあてはめていると、ポウが答えた。

「がっちりした体形の男なら、さっき猫を追いかけていったぞ」

嘘をつけ‼

思わず叫びそうになった。ずっと見ていたが、そんな男は通らなかった。いくら胡桃でも、晴彦を見落としはしない。

また、黒猫が嘘をついている。胡桃だけでは飽き足らず、恵までからかうつもりか。睨みつけてやったが、ポウは真面目だった。真剣な顔で続けた。

「胡桃、晴彦を止めろ。店の裏口にいる」

「え？」

「まげ太も裏口にいる」

「ずっと、ここにいたのに——」

「見なくても、においで分かる」

猫の鋭い嗅覚で察知したらしい。それなりに納得できる返事だった。だが分からないことがある。

なぜ、晴彦とまげ太が一緒にいるのか？　猫を追いかけていったって、いったい？

黒猫はその答えを知っていた。

「ストーカーは晴彦だ。命が危ない」

なんと⁉

それが真相だったのか。意外な犯人というやつか。それ以上詳しく聞く暇もなく、まげ太の悲鳴が耳に届いた。

「――助けてくだされえええ!!」

まげ太が危ない。胡桃は駆け出した。


出版社に勤めていたころは、自分の代わりがたくさんいた。胡桃がいなくても何の不都合も起こらなかった。

でも、今は違う。ポウは人間に触れることができないし、恵にまげ太の声は届かない。まげ太を救えるのは胡桃しかいない。

胡桃は走った。まげ太を助けたかった。恵を悲しませたくなかった。

裏口の通りに差しかかると、晴彦の大きな身体が見えた。まげ太は塀際に追い詰められ、身を縮めて震えている。

「まげ太に触らないで!!」

大声を上げながら、後先考えず突っ込んだ。

まげ太をひらりと抱き上げるイメージだったが、そんな真似ができるはずがない。ずべっと顔からコケてしまった。かっこよく言えばヘッドスライディングだが、まげ太のところまで辿(たど)り着いていない。ただ額をぶつけただけである。

「胡桃が傷物になってしまったな」

黒猫王子の声が聞こえた。

人聞きの悪いことを言うな、と顔を上げると、ポウと恵の姿が見えた。こっちにやってくる。恵は泣いていた。

「晴彦さん、やめて！」

声を張り上げた。

「め……恵……」

振り返った晴彦の目は血走っていた。昼間に見たときと形相が違う。好青年の面影はない。凶悪なストーカーの顔だ。地べたにコケたまま、胡桃は身構えた。晴彦が暴れるようなら、噛みついてやる。

しかし、晴彦は暴れなかった。気圧されたように言い訳を始めた。

「違う……違うんだ……」

「何が違うのよっ⁉」

「だから……」

晴彦の視線が泳いだ。その隙を、まげ太は見逃さなかった。

「失礼するでごにゃる‼」

胡桃の鼻先を横切り走り去った。

「待てっ‼」

晴彦が追いかけようとするが、恵が止めた。

「もうやめて！」

小柄な身体で晴彦に抱きつき、それから、やさしい声で囁いた。

「あなたに何かあったら、私……」

ラブシーンが始まりそうな雰囲気だった。ええと、何が起こっている？

派手にコケて額を擦り剝いた胡桃の目の前で、お願いやめて、無茶しないで、と恵が晴彦に懇願している。

「そうだ。やめておけ」

黒猫が恋人たちの会話に参加した。乱闘らしきものが終わった後も、傍観者を気取っているのか、少し離れたところに立っている。歩み寄ることなく晴彦に言った。

「無理をすると取り返しのつかないことになるぞ。自分の身体を大切にしろ。ひどい顔だ」

顔？

改めて晴彦を見た。ストーカーの顔ではなかった。

血走っているように見えた目はただ充血しているだけで、しかも涙ぐんでいた。鼻をぐしゅぐしゅ鳴らしていることにも、今さら気づいた。

「ええと……命が危ないのって、もしかして……」

「今ごろ気づいたか」

ポウがうなずき、事件の真相を口にした。

「命が危ないのは晴彦だ」

危険に曝されていたのは、ストーカーのほうだった。

8

コーヒーアマレットには、ラムやアーモンドリキュールが含まれている。アルコールに弱い人間は飲むことができない。人によってはアルコール中毒を起こす。

それと同じように、猫に近づくことのできない人間が存在する。

「彼、猫アレルギーなんです」

恵が語り始めた。晴彦はアレルギーの薬を飲みに帰り、ポウはまげ太を捜しにいった。胡桃と恵もまげ太を捜そうとしたが、生意気な黒猫に「ここにいろ」と止められた。「おれ一人で捜したほうが早い。邪魔をするな」と言って、胡桃に頭陀袋を押しつけた。

「コーヒーでも飲んで待ってろ」

完全な命令形であった。返事も聞かずポウはいってしまった。

気に入らない態度だが、コーヒーアマレットに罪はない。恵にも振る舞った。

「美味しい……」

お酒もコーヒーも好きらしい。恵の口調が軽くなった。

「晴彦さんと結婚することは、ずっと前から決まっていたんです。近所で部屋を借りようって――」

晴彦は近所のスーパーに勤めていた。正社員ではないが、もう十年も勤めていて、二人用のアパートを借りるくらいの給料はもらっていた。また、それが許される境遇でもあった。神奈川県に実家があるが、両親は健在で、しかも姉夫婦が同居していた。

恵は、焼きおむすび屋を手伝いながら、晴彦との新婚生活を楽しみにしていた。結婚後も焼きおむすび屋で働き続けるつもりでいた。

そんな中、恵の父親が倒れ、しばらく入院することになった。検査の結果待ちだが、退院できたとしても、これまでのように働くことはできない、と医者に言われた。

店を閉めようかと母親は言ったが、恵は反対した。『ねこまんま亭』を潰したくなかった。店に愛着があったし、潰してしまったら、父親ががっかりするような気がした。父が裸一貫から作った店で、生き甲斐でもあった。

もちろん、もったいないという計算もある。固定客もいて、最近では川越グルメの一店舗としてインターネットなどで紹介されていた。さらに猫ブームが追い風にもなっていた。わざわざ訪れる観光客も多かった。焼きおむすびは単価が安く儲けは少ないが、それでも慎ましく生きていくことはできる。

だが、恵一人でやっていくことは難しい。焼きおむすび屋にかぎらず、食べ物屋は力仕事だ。

それでも必死に働いた。恵は手を抜くことを知らない。疲労がたまり、何度も倒れかけた。そのたびに、まげ太が駆け寄ってきて顔をのぞき込んだ。おろおろしているように見えた。

「大丈夫。心配しないで」

そう言って恵は働き続けた。店は繁盛しており、休んでいる暇はない。

まげ太は、そんな恵をじっと見ていた。

恵を心配しているのは、飼い猫だけではなかった。ある日、晴彦が言い出した。

「おれに『ねこまんま亭』を継がせてください。働かせてください」

見舞いにいった父親の病室でのことである。結婚の挨拶をしたときと同じくらい真面目な顔で、ベッドに横たわる恵の父親に頭を下げた。ずっと考えていたことらしい。

スーパーの売上げは減少傾向が続いている。食品はそれなりに売れているが、非食品――衣料や医薬・化粧品は毎年のように売上げが減っていた。先行きは明るいものではなかった。

経営は苦しく、正社員にはなれそうにもない。このまま契約社員を続けるよりはと、転職を決意したのだった。

同居をすれば家賃を払わなくて済む。自営業に定年退職はなく、身体の動くかぎり働くことができる。晴彦はそう説明した。

その申し出を聞いて、恵の父母は喜んだ。入院してから沈みがちだった顔が明るくなった。

ただ問題があった。晴彦は重度の猫アレルギーだったのだ。

「病院にいってもどうにもならなくて……」

暗い顔で恵が呟いた。

たかがアレルギーと侮れない。晴彦は猫に近づくと、全身に蕁麻疹が出て、くしゃみや鼻水がひっきりなしに出るらしい。重度の猫アレルギーの場合、稀にだが、命に危険が及ぶこともあるという。

「私たちの話を聞いて、まげ太は家出したの。猫が人間の言葉を分かるなんて馬鹿馬鹿しいと思うでしょうけど」

「馬鹿馬鹿しいだなんて」

言葉が分かるどころか、胡桃は猫と会話している。まげ太に「喫茶店に置いて欲しい」と頼まれたくらいだ。

「晴彦さん、猫アレルギーを我慢して、まげ太と一緒に暮らすって言うの」

「我慢って――」

「根性で何とかするって」

見た目通りの体育会系だったか。猫アレルギーは、根性で何とかなる問題ではない。人間は猫よりバカなのか。

晴彦はまげ太を追いかけ回した。晴彦が猫アレルギーだと知っているまげ太は必死に逃げたが、体育会系の晴彦は諦（あきら）めなかった。確かにストーカーだ。

まげ太が家出した理由は分かった。となれば、話は簡単だ。胡桃が、まげ太の希望を聞いてやればいい。恵もよろこぶだろう。

「もし、よかったら――」

申し出の文句を言いかけたとき、邪魔が入った。

「まげ太を連れてきてやったぞ」

すかした声が背後から聞こえた。

いや背後ではない。うしろにあるのは、焼きおむすび屋の建物だ。すかした声は胡桃のつむじの上から聞こえた。

まさかと思いながら振り返り、顔を上に向けると、人間の姿をしたポウがいた。三毛猫のまげ太を抱いて、『ねこまんま亭』の屋根の上に立っている。月の光を背中に受け、まるで特撮ドラマの主人公のようだ。

「危ないですよっ」

恵は慌てるが、ちっとも危なくない。猫は、高いところが好きな動物である。『猫と煙は高いところが好き』というくらいである。

ポウは身が軽かった。ひらりと跳躍し、ふわりと着地した。まげ太を抱いているのに音一つ立てない。

「すごい——」

「当たり前だ」

ポウの辞書に〝謙遜（けんそん）〟という語句はない。上から目線で黒猫は続ける。

「まげ太を引き取ってやろう」

「え？　で……でも……」

恵が戸惑った。それなりにしゃべりはしたが、会ったのは二度目だ。ほとんど初対面のようなものである。胡桃やポウが、どこの誰だかも知らないだろう。

空気を読めないポウだが、人間の気持ちには敏感だ。自己紹介を始めた。

「おれは黒木ポウ。黒木花に喫茶店の店長を任されている」

嘘をついて店長の地位を騙（だま）し取ったとは言わなかった。その自己紹介で信用を勝ち得るのは無理があると思ったが、効果は覿面だった。

「黒木花さん……？　大地主の黒木花さんのことですか？」

恵が目を見開いた。花を知っているようである。不動産屋でもそうだったが、花の名前を出すだけで信用してもらえるらしい。水戸黄門の印籠みたいだ。

「そうだ。その花だ。安心しろ」

相変わらずの命令口調だった。

「でも……ご迷惑じゃあ……」

恵が躊躇っていると、やさしい声が聞こえた。

「拙者、恵どのに拾われて幸せだったでごにゃる」

三毛猫の姿のまま、まげ太が語り始めた。猫の言葉でしゃべっているので、恵には聞こえない。

「恵どのに拾われるまで、何のために生まれてきたのか分からにゃかったでごにゃる。独りぼっちで夜道を歩いて、カラスに襲われて……生まれてこにゃければよかった、と思ったでごにゃるよ」

夜風が胡桃の頬を撫でた。『ねこまんま亭』の裏口にも、まげ太を捜すビラが貼ってある。写真の中のまげ太は、幸せそうに笑っていた。

「恵どのに拾われて幸せだったでごにゃる。一緒にアニメを見たり、美味しいご飯を食べさせてもらったり……。幸せににゃるために生まれてきたんだと、拙者、思ったでごにゃる」

そう言いながら、恵の顔を見た。届くはずがないと分かっているだろうに、まげ太は話し続ける。

「恵どのも、幸せににゃるために生まれてきたのでごにゃるよ。晴彦どのと結婚して幸せににゃって欲しいでごにゃる。恵どのの幸せは、拙者の幸せでごにゃるよ」

まげ太の話は終わった。

こんなの反則だ。いいやつすぎる。

胡桃はぐしょぐしょに泣いていた。まげ太は本当にやさしい猫だった。飼い主の幸せを、自分のことのように思っている。

感動にひたっていると、ポウが無茶ぶりした。

「胡桃、まげ太の言葉を伝えろ」

「え……ええっ？」

顔を上げると、恵がこっちを見ていた。いきなり泣き出した胡桃に驚いたのだろう。目をぱちくりさせている。

「胡桃は猫の言葉が分かる」

ポウがばらしてしまった。

思ったほど恵は驚かなかった。

「それって……『ドリトル先生』みたいなものですか？」

アメリカの有名な児童文学の名を挙げた。動物と会話できる獣医師の話である。見かけ通り、本好きらしく納得している。

「そうだ。そのドリトルだ」

ポウが断言した。間違いなく『ドリトル先生』を知らずに言っている。

「ドリトル胡桃、早く伝えろ」

「胡桃さん、教えてください」

黒猫がせっつき、恵が頭を下げた。逃げ場はなかった。

「恵さんに幸せになって欲しいって……」

蚊の鳴くような声で言うと、まげ太がこくりとうなずいた。

「拙者、恵どのが幸せににゃっている姿を見たいでごにゃる」

その言葉を伝える必要はなかった。恵の目から大粒の涙が零れ落ちた。

「まげ太……ありがとう……」

特別な能力がなくても気持ちは伝わる。

9

「気が向いたら会いにくればいい。うちは喫茶店だ。客は歓迎する」

話を切り上げるように、ポウがイケメンな台詞(せりふ)を言った。かっこつけているように聞こえるが、この台詞も本気で言っている。不愛想な顔をしているくせに宣伝上手だった。

「先に帰って、まげ太に掃除をさせておく」

恵の返事を待たず、まげ太を連れ去った。これでは猫さらいだ。

幸いなことに恵は咎(とが)めず、まげ太を見送った。もう泣いていなかった。

「かっこいい人ですね……」

胡桃に同意を求めるように言ったが、返事のしようがない。そもそも人じゃないし。

妙な空気になってしまった。一件落着したはずなのに、まだ話が続いている感じだ。

それを誤魔化そうと、胡桃は話を無理やりまとめた。

「まげ太は預かりますから、晴彦さんと幸せになってください」

「ありがとうございます」

恵が頭を下げた。これで家に帰れる——そう思った矢先、恵がとんでもない台詞を口にした。

「胡桃さんも、ポウさんと幸せになってください」

「はい」

思わずうなずき、慌てて自分の口に手を当てた。

いやいや、ポウは猫だから。

猫と幸せになるとかないから。別の意味なら、ペットとしてなら、あるかもしれないけど。

とにかく恵は完全に誤解している。

「お二人みたいな仲のいい夫婦になれるように頑張ります」

夫婦じゃないからっ!!

胡桃は叫びたかった。

ロシアンブルーとブラックコーヒー

ブラックコーヒー　Black Coffee

抽出されたコーヒーに何も加えずそのまま飲むもの。コーヒーをブラックで飲むのは日本人くらいだ、という俗説がある。

1

午後四時を知らせる『夕焼け小焼け』のチャイムが鳴った。

川越市では、四月一日から九月三十日まで『野ばら』、十月一日から三月三十一日まで『夕焼け小焼け』が流れる。このチャイムは子供たちに帰宅時間を知らせるためではなく、放送設備の動作点検のための「試験放送」として流されるものである。

『野ばら』が『夕焼け小焼け』に変わったばかりのある日、胡桃は喫茶店を早じまいし、新富町の丸広百貨店に向かっていた。

東京都や他県ではなじみがないようだが、埼玉県を代表する百貨店である。さいたま市や坂戸、入間市などにも店舗がある。これからいこうとしているのが本店だ。

地方百貨店としてはかなりの規模だと思うが、閉店時間が早い。

このとき、胡桃はイケメン二人に挟まれて道を歩いていた。右側には王子さま顔のイケメン、左側には癒し系のイケメンがいる。そろって仕立てのいい着物を着ていることもあって、コマーシャル撮影中のモデルに見えた。もちろんモデルではない。

「午後七時閉店は早いでござる」

「あと三十分しか開いてないな」

　まげ太とポウである。もっと早く喫茶店を出発すべきだったが、日が沈むのを待っていたのだから仕方がない。

「猫の姿ではデパートに入れないでござる」

「面倒な話だ」

　この連中を丸広百貨店に連れていくためだ。イケメン二人をお供にしたいのではなく、荷物持ちが必要だった。

「新しい毛布を買ってもらえるでござる、新しい毛布を買ってもらえるでござる。拙者、うれしいでござる〜」

「余計な出費だ」

　まげ太がはしゃぎ、ポウが顔をしかめた。

　胡桃は毛布と掛け布団を持っていなかった。喫茶店に引っ越してきたときに、冬用の寝具を捨ててしまった。もう何年も使っていてボロボロだったので、そのときはいい機会だと思ったのだ。

　そして後悔した。

　十月になったとたん、急に肌寒くなった。古い一軒家だからなのか、アパートで暮らしていたときより寒く感じる。ここ何日か、春夏用の薄い掛け布団をかぶって震えていた。ポウとまげ太も寒そうに身を縮めている。そうでなくとも猫は寒いのが苦手だ。早急に毛布と掛け布団を手に入れる必要があった。

「一緒に寝れば少しは温かいかもしれないな」

「名案でござる。拙者、胡桃どのの湯たんぽ代わりになるでござるよ」

猫だと思えばありだが、この二匹は夜になるとイケメンになる。しかも平気で裸になった。猫なのだから、服を着ているほうがおかしいのだが。

全裸のイケメン二人と一緒に寝るのは……。

「……遠慮しておく」

胡桃は答えた。

考えておく、と言いそうになったのは内緒だ。

2

丸広百貨店に到着した。時計を見ると、午後六時四十分をすぎており、のんびりウィンドウショッピングしている暇はなかった。

それなのに。

でいい。

ポウとまげ太はいってしまった。食べ物に興味があるらしい。

「拙者もお供するでござる」

「食品フロアをのぞいてくる」

まあ、毛布と掛け布団を買うくらい一人で十分だ。帰りに持ってもらえれば、それでいい。

胡桃はポウとまげ太と別れ、寝具売り場にいった。長引く不況のせいなのか、時間が時間だからなのか、胡桃の他に客は一人しかおらず寝具売り場は閑散としていた。女性店員が商品の整理をしている。

とりあえず値札を確かめようと、近くに展示してある毛布に近づいた。

そのとき、寝具売り場の客がこっちを見た。

「胡桃？　もしかして間下胡桃？」

いきなり名前を呼ばれた。しかも、呼び捨てだ。

胡桃より五歳くらい年上に見える太目の女性で、茶色に髪の毛を染めてソバージュをかけている。本人としてはお洒落のつもりだろうが、焼きそばを頭に載せているようにしか見えなかった。焼きそばに知り合いはいない。

返事をせずにいると、焼きそばヘアーの女性がさらに話しかけてきた。

「私よ、私。おぼえてない？」

オレオレ詐欺的な何かかと警戒したが、考えすぎだった。女性がやっと名乗った。

「新田さゆり。中学校のとき一緒だったじゃない」

「あ」

ようやく思い出した。年上ではなく同級生である。同じクラスにいた新田さんだ。でも、親しかったわけではない。名前を聞くまで忘れていたくらいだ。電話番号もメールアドレスも知らず、学生時代も卒業後も交流はなかった。

「心配してたのよ、同窓会にもこないから」

新田さゆりが言い出した。先月だか先々月だかに同窓会があったことは知っている。幹事から直接誘いの電話がかかってきた。

「会社辞めたって同窓会くらいくればいいのに」

胡桃が失業したことを知っていた。欠席すると伝えたとき、会社を辞めたと幹事に伝えたような気もする。

「大変だったわねえ」

新田さゆりが薄笑いを浮かべた。その笑みを見て、ぴんときた。まともにしゃべったことのない同級生が、話しかけてきた理由が分かった。

他人の不幸は蜜の味。

その蜜を味わおうとしているのだ。

「結婚とかするの？」

お決まりの質問が飛んできた。会社を辞めたと言うと、かなりの確率でこの質問をされる。リストラされたことを知った上での質問だ。彼女の左手の薬指には、シルバーのリングが光っていた。既婚者か恋人がいるかのどちらかだろう。

学生時代、新田さゆりは、スクールカーストの頂点よりやや下に位置するイケてる女子グループに属していて、自分より下位にいる人間をいじっていいと勘違いしていた。他人をバカにすることをユーモアだと思っている節があった。

大人になっても、そのノリを続けるつもりか。無視してやろうかと思ったが、胡桃にその度胸はなかった。

「……そろそろ帰らないとアレなんで」

ごにょごにょと言い訳し、逃げることにした。この手のタイプとはかかわらないほうがいい。毛布はインターネットで買おう。丸広百貨店には悪いが、ポイントもつくし、玄関先まで運んでもらえる。

ネットショッピングの利点を思いながら立ち去ろうとしたが、売り場を出る前に二人のイケメンがやってきた。

「まだ買ってないのか？」

「胡桃どのは、のんびりでござるなあ」

食品フロアで買い物をしたらしく、パン屋の紙袋を持っている。猫が買い物すると
は知らなかった。着ている着物も、こうしてデパートで買ったのかもしれない。

「ペットショップで首輪を売っていたぞ」

七階にもいってきたようだ。血統書付きの猫が売られているが、そこには触れなか
った。胡桃に向かって、いつもの催促をする。

「いつになったら首輪を買ってくれるんだ？」

「自分で買えばいいじゃない。お金もあるんでしょ」

小声で言い返すと、黒猫王子が顔をしかめた。

「そんなモテない猫みたいな真似ができるか」

「自分で首輪を買うのは、拙者も嫌でござるなあ」

猫の世界の常識であるらしい。

二匹は報告を続ける。

「ウーパールーパーも見てきたでござる」

「いつ見ても奇妙な生き物だ」

「この世の生き物とは思えないでござる」

イケメンに化ける猫のほうが奇妙だと思うが、ウーパールーパーも化けるといけな
いので突っ込まずにおいた。世の中には知らないほうがいいことが存在する。それは

それとして、この場から立ち去らねば。

「帰るわよ」

「毛布を買わずに帰るのでござるか？　寒いでござるよ」

「そんなに金がないのか？」

「胡桃どのは貧乏なのでござるか？」

「今さらのことを聞くな。胡桃の顔を見れば分かるだろう。貧相で残念な顔だ」

「い……いいから」

二人の背中を押そうとしたところで、新田さゆりが口を挟んだ。

「胡桃のお知り合いですか？」

さっきまでとは、言葉遣いも顔つきも変わっていた。猫も化けるが、女も化ける。特にイケメンの前では。

「同居しているのでござる。三人で住んでいるのでござるよ」

まげ太が答えた。返事をしたのが、ポウじゃなくてよかった。飼い主だの言われずに済んだ。

胡桃は胸を撫で下ろしたが、新田さゆりにとっては爆弾発言であった。

「三人で住んでる……？」

目が点になっていた。発掘されたばかりのハニワの顔だ。

その顔を見て、自分の感覚のずれに気づいた。ポウやまげ太とずっと一緒にいるせいで常識が麻痺（まひ）していた。未婚の成人女性がイケメン二人と同居していると聞いて、驚くのは当然だ。ましてや、胡桃は、新田さゆりにとってイケてない女子である。

「ご家族とかご親戚（しんせき）の方？」

新田さゆりは常識的な解釈をしようとした。イケメンの身内と一緒に暮らしている、と考えたようだ。人間ならば適当に話を合わせるところだが、猫に人間の常識はなかった。

「先月知り合ったばかりの赤の他人だ」

「拙者は先週知り合ったばかりでござる」

正直に答えてしまった。新田さゆりがさらに聞く。

「それって……どんなご関係……？」

「雨の中で抱き締められた関係だ」

「拙者はペロペロしたでござる」

ポウとまげ太が躊躇（ためら）いなく答えた。だんだん泥沼にはまっていく。

「ええっ⁉」

新田さゆりの目が丸くなった。点になったり丸くなったり忙しい。胡桃を見る目が変わり始めていた。ポウとまげ太を見る目も、イケメンに対するものではなくなっている。恐怖と羨望が入り交じった目をしていた。

猫は、どんな目で見られているかなど気にしない。新田さゆりの視線を無視して、胡桃に質問した。

「毛布は見つかったのか？」

「新しい毛布はどれにしたのでござる？」

他の売り場を見にいっていたくせに、どんな毛布を買うのか気になっているらしい。

「おれに見せてみろ」

「拙者も見たいでござる」

胡桃は無言で首を振った。新田さゆりに絡まれたせいで、ろくに見ていない。すると、二匹が毛布の物色を始めた。

「毛布というものは、こんなに高いのか」

近くにあった有名ブランドの毛布を見て、ポウが顔をしかめた。

「本革の首輪が買える値段だ」

「それは高いでござるなあ」

まげ太ものぞき込み、ため息をついた。猫の貨幣価値は首輪が基準なのか。

手に取ったばかりの毛布をもとに戻し、ポウが言う。

「こんな高いものを買う必要はない。寒かったら、おれを抱いて寝ればいい」

「拙者も一緒に寝たいでござる。抱き心地には自信があるでござる」

「ふざけるな。おれのほうが手触りがいい」

いきなり張り合い始めた。モフモフ自慢の猫としては譲れないところなのだろう。

イケメン二人が火花を散らす。

「やめなさいよ」

「胡桃、おれと寝たいだろ？」

「胡桃どの、夜のお供は拙者に任せて欲しいでござる」

火の粉が飛んできた。閉店間際の閑散としたデパートに声が響き渡った。近くの売り場の店員たちが、こっちを見ている。

「こ……こんなところで喧嘩しないでよ」

声を潜めて注意したが、効果はなかった。

「まげ太が悪い」

「悪いのは、ポウどのでござる。胡桃どのを一人占めしようとしてるでござる」

「胡桃はおれの飼い主だ」

「拙者の飼い主でもあるでござる」

「おまえには恵がいるだろ⁉　おれと胡桃の夜を邪魔するな‼」

「……ひどいでござる」

まげ太が言い負かされて涙目になった。可愛らしい顔を曇らせ、今にも泣きそうな顔で胡桃を見た。

「拙者、邪魔でござるか？」

「邪魔だなんて……」

胡桃が答えると、今度はポウがこっちを見た。

「おれよりまげ太と寝たいのか？」

涙目にこそなっていないが、悲しそうな目をしていた。長い睫毛(まつげ)が微(かす)かに揺れている。

「そうじゃなくて……」

胡桃のほうが涙目になりそうだった。

「どっちと寝るか、はっきりして欲しいでござる」

「そうだ。どっちを選ぶ？」

三毛猫と黒猫に問い詰められた。毛布を買いにきただけなのに、どうしてこんな目に遭うんだ？　ポウとまげ太が、じっと胡桃の顔を見ている。返事を待っているのだ。

板挟みから逃れたい一心で言ってしまった。

「どっちもよっ！　誰も仲間外れにしないからっ！　——三人で寝られるサイズの毛布をくださいっ！」

売り場いっぱいに声が響き、こっちの様子を窺って(うかが)いた店員が反応した。

「か……かしこまりました……」

顔色が変わっていた。それでも、ちゃんと対応するあたりプロである。巨大な毛布を探し始めた。

それを見て、ポウとまげ太が喧嘩を止めた。

「裸で寝るから、肌触りのいいやつにしてくれ」

「胡桃どのと毛布に抱かれて寝るでござるよ。ふかふかの毛布にしてくだされ」

猫たちが駄目を押した。その傍らで、新田さゆりが逃げるように帰っていく。焼きそばヘアーが遠ざかった。

もう二度と同窓会にはいけない。中学校のころの友人と会うこともないだろう。こうやって人間は孤独になるのか。

巨大な毛布を購入し、丸広百貨店を後にした。

3

三人で寝られる毛布は高かった。予算を大きく超えてしまった。

花からお金を預かっているが、これは喫茶店の運営資金であって、毛布代ではない。

花は気にしないだろうが、胡桃は気にする。けじめは必要だ。

三人で寝られる毛布は、自分名義のクレジットカードで購入した。つまり来月にはクレジットカードの支払日がやってくる。

家賃を払わずに済んでいるのは大きいが、喫茶店は繁盛していない。相変わらず収入はなかった。せめて毛布代を稼がなければ、クレジットカードを止められてしまう。いまだに、スマートフォンは止められたままだ。

気が焦って寝ていられず朝五時に起きた。一円でも稼ごうと、いつもよりずっと早い時刻に店を開けた。出勤前のサラリーマンがモーニングコーヒーを飲みにくるかもしれない。そう思ったのだ。

しかし客はこない。喫茶店は静まり返っていた。時計の針の音がやけに大きく聞こえる。経営が上手(うま)くいっていないと言われているようだ。何しろ常連客と言えるのは、まげ太の前飼い主の恵くらいであった。コーヒーを一杯飲んで、まげ太と遊んで帰っていく。それが売上げのすべてだ。

時計の秒針を睨(にら)みつけていると、三毛猫と黒猫が店に入ってきた。

「胡桃どのは早起きでごにゃるな」

「真面目だけが取り柄にゃ」

二匹とも満ち足りた顔をしている。新しい毛布のおかげで十分に眠れたようだ。のんきな顔で伸びをしたり、欠伸をしたりしている。

猫がのんきなのは当たり前だが、言葉が分かると腹が立つ。

「猫がコーヒーを飲みにくるんじゃなかったの？」

澄まし顔の黒猫に質問を叩きつけた。自信たっぷりに言ったくせに猫の仔一匹やってこない。

「どういうことよ？　また嘘をついたの？」

「嘘なんてついてないにゃ」

「じゃあ――」

「胡桃に信用がにゃいせいにゃ」

ポウが答えた。意外な返事だった。

「私に信用がない？　お客さんがこないのと、何の関係があるのよ!?」

「一から百まで教えてもらわにゃければ分からにゃいのか？　自分で考えることをおぼえたほうがいいにゃ」

朝っぱらから黒猫に説教された。思い当たる節がなくもないが、猫に言われたくない。むっとした顔で睨みつけると、ため息混じりに説明を始めた。

「コーヒーを飲むためには、人間に化ける必要があるにゃ」

言うまでもないことである。猫の姿をしているときはお金も持っていないだろうし、健康上の問題もあった。

猫にコーヒーは毒だ。場合によってはカフェイン中毒を起こす。その他にもタマネギやチョコレートなど、猫には毒の食べ物があるが、人間の姿をしているときは平気らしい。

「簡単に正体は見せられにゃいにゃ。見せるとしたら、相手を信用しているか、よほどの必要に迫られてるときにゃ」

説得力があった。スーパーマンだってバットマンだって正体は明かさない。スパイダーマンはバレバレだったが、本人は隠していたつもりだ。

スーパーヒーローはともかく、猫が人間に化けると世間が知ったら、きっと大騒ぎが起こる。迫害される可能性だってあるだろう。少なくとも何匹かは動物実験の対象になり解剖される。

何を考えてるか分からない黒猫王子は別として、まげ太が人間の姿を見せたのは、一刻も早く晴彦から離れなければならないという事情があったからである。胡桃が信用されたわけではなかった。

「信用されれば解決でごにゃる」

まげ太は気軽に言うが、簡単な話ではあるまい。

人間にだって信用されたことがあるか微妙なのに、どうすれば猫に信用されるのだろう？

　猫に信用、猫に信用、猫に信用。眉間にしわが寄った。

「朝ご飯を食べて落ち着くでごにゃる。シナモンロールが残ってるでごにゃるよ」

　三毛猫が提案した。ポウとまげ太が丸広百貨店で買ったものだ。昨日の夕飯に食べた残りが一個だけあった。猫に人間の食べ物は害になる。胡桃が食べるしかなかろう。

「食べたくにゃければ夜まで残しておけにゃ。おれが夕食代わりに食べるにゃ」

　ポウが何か言ったが、聞かなかったことにした。こいつに渡すつもりはない。テーブルの上に置いてあるシナモンロールを手に取った。

　デニッシュ生地にシナモンシュガーを巻き込み、真っ白な砂糖ごろもがかかっている。オーソドックスでカロリーの高いシナモンロールだ。

「温めて食べるのも美味しいでごにゃるよ」

　まげ太のアドバイスに従い、電子レンジで温めた。すると、砂糖ごろもが程よく溶け、シナモンの香りが増した。淹れ立てのコーヒーをシナモンロールの隣に置いてみた。

　完璧な組み合わせだ。

　ほろ苦いコーヒーと甘いシナモンロールは、最高に相性がいい。お金がなくとも、彼氏がいなくとも、スマートフォンを止められていても、胡桃にはコーヒーとシナモナモンロールがある。

「美味しそう……」

食べる前から甘い味が口いっぱいに広がった。ごくりと喉を鳴らし、まだ温かいシシナモンロールに手を伸ばした。

その瞬間、予期せぬ出来事が起こった。ドアベルが鳴った。

シナモンロールに手を伸ばした恰好のまま、入り口のドアを見た。そこには、ふんわりしたパーマをかけた老婦人が立っていた。

「お店、もう開いてるのかしら」

老婦人が胡桃に質問した。

客だ！　客がきた!!

早起きして店を開けた甲斐があった。早起きは三文の徳というのは本当だった。昔の人の言うことは正しい。

シナモンロールを皿に戻し立ち上がった。

「いらっしゃいませっ。こちらへどうぞ」

いきおいよく頭を下げ、席に案内しようとした。

が、なぜか老婦人は動かなかった。

声が聞こえなかったのか？　不審に思っていると、老婦人が口を開いた。

「ありがとう。でも、その前に聞きたいことがあるの」

「はい？」

「ロシアンブルーをご存じかしら？」

　これが事件の始まりだった。

4

「由美(ゆみ)さんでごにゃる」

　まげ太が教えてくれた。しっぽの短い三毛猫は、この老婦人を知っていた。海老原(えびはら)由美。『ねこまんま亭』の常連客らしい。

「恵ちゃんから伺ったの」

　挨拶(あいさつ)もそこそこに由美が言った。その台詞(せりふ)を聞いて、二匹の猫が会話を交わす。

「口コミでごにゃる。この店のコーヒーが話題にゃってるでごにゃる。すごいでごにゃる、すごいでごにゃる」

「おれが淹れたコーヒーにゃ。話題にゃるのは当然にゃ」

　三毛猫が無邪気によろこび、黒猫が胸を張った。

　確かにポウの淹れたコーヒーは美味しい。例えば恵はコーヒーアマレットを気に入っていた。毎日でも飲みたい、と言ってくれた。アレンジコーヒーはイケる気がする。この喫茶店の人気メニューになってくれそうだ、と胡桃は期待した。

だが、老婦人の目当てはコーヒーではなかった。メニューを見もせず胡桃に質問した。

「あなた、猫の気持ちが分かるのよね？」

「え？」

「川越のドリトル先生だって聞いたわ」

とんでもないニックネームがついていた。

ネタ元は間違いなく恵だ。ポウがいい加減に同意した異名が一人歩きしている。コーヒーではなく、胡桃についての口コミだった。嫌な展開になりそうな予感がする。

その傍らで猫たちが再び言葉を交わし始めた。

「人間に猫の気持ちが分かるわけにゃい」

「猫同士だって分からにゃいでごにゃる」

「そのとおりにゃ。猫に分からにゃいものが、鈍い胡桃に分かるわけにゃいにゃ」

「胡桃どのが鈍いのは否定できにゃいでごにゃる」

鈍いと言われるのは心外だが、猫の気持ちが分からないというのは正しい。一緒に暮らしているポウやまげ太の気持ちだって分からない。ただ言葉が通じるだけだ。もちろん、その辺の事情を説明することはできない。

私、猫と話せるんです——そんなことを言ったら、痛い女だと思われてしまう。いたいけな子供ならともかく、アラサー女子に許される台詞ではなかろう。でも、好きでアラサーになったわけじゃない。できることなら、いたいけな子供のままでいたかった。

思わず声に出てしまったらしく、ポウがこっちを見た。

「気にする必要にゃいにゃ」

黒猫が語りかけてきた。自分の台詞に納得したようにうなずき、確信に満ちた口調で続けた。

「今さら手遅れにゃ。普通にしてても痛い女にゃ」

「痛いでごにゃるか？　病気でごにゃるか？」

「ある意味、ビョーキにゃ」

「それは大変でごにゃる」

「死にゃにゃきゃ治らにゃい病気にゃ」

「死ぬのでごにゃるか？」

「殺しても死にゃにゃいにゃ」

「よかったでごにゃる」

ちっともよくない。にゃが多すぎて聞き取りにくいが、まげ太はともかく、ポウは明らかに胡桃をバカにしている。

猫の言葉が分かっても、いいことなんて一つもない。人が猫に癒されるのは、絶対に言葉が通じないからだ。この事実を猫好きの連中に教えてやりたい。まあ教えたところで猫好きのままだろうが。あの連中は猫に仕える下僕として生きている。

由美が話を進めた。

「うちの猫の気持ちを知りたいの」

望まない方向に進んでいる。

「会ってみてくれない？」

とうとう言い出した。胡桃は断りたかった。ここは喫茶店だ。猫の探偵事務所でも猫の便利屋でも、猫のトラブルシューターでもない。猫のカウンセラーになったおぼえもなかった。

「あのですね……」

断りかけた胡桃の足もとで、まげ太がタイミングよく質問した。

「ユーリに何かあったのでごにゃるか？」

「ユーリ？」

声に出して聞き返してしまったのが失敗だった。

「あら、うちの猫の名前を知ってるの？」

由美が目を丸くした。初対面の人間に、飼い猫の名前を言い当てられたのだから驚くのは当然だ。

「え……ええ。か……風の噂で」

猫の噂とは言えない。必死に誤魔化そうとする胡桃を尻目に、ポウとまげ太が会話する。

「ボス猫のユーリにゃか」

「このあたりでユーリに逆らう猫はいにゃいでごにゃる。近所の人々にも好かれているでごにゃるな」

「ロシアンブルーは人気のある猫だからにゃ」

「ポウどのとは別の方向のイケメンでごにゃる」

意図せず情報が集まってきた。地元のボスでイケメンで、人間にも人気がある。何不自由ないリア充猫に思える。そのユーリの話を聞いて欲しいとは何事だろう？

気にはなったが、それでも依頼を引き受ける気はなかった。喫茶店に閑古鳥が鳴いているのに、会ったこともない猫の話を聞いている場合ではない。胡桃には店を繁盛させるという使命があった。生活がかかっているので、〝使命〟を〝死命〟と言い換えてもいい。

ドリトル先生なら引き受けるところだろうが、それは生活に余裕があるからだ。胡桃だって獣医師だったら、ちゃんと猫の話を聞く。しかし胡桃は獣医師ではない。無職に毛が生えたような状況で、しかもその毛は抜けかかっていた。

きっぱりと断ろう。

「申し訳ありませんが——」

5

その夜。

胡桃は、ロシアンブルーのユーリを待っていた。会うだけでも会ってくれ、と由美に頭を下げられ、断り切れなかったのだ。

「ご苦労な女だ」

王子さま顔のイケメンが鼻を鳴らした。ポウである。日没とともに人間に化けていた。

「若いころの苦労は買ってでもしろ、と言うでござるよ」

まげ太が取りなすように言った。こちらも人間の姿をしており、いつもの着物の上に白い割烹着を着て三角巾をつけていた。

飼われていた焼きおむすび屋の制服だと言うが、割烹着が似合うとは斬新な二枚目である。キッチンで何やら忙しげに働いている。

「そんなものを買ってる余裕はない。胡桃は貧乏だ。それに、言うほど若くない」

口の悪い黒猫であった。だが、まあ言うとおりだ。

「よその猫と会ってる暇があったら、コーヒーを淹れる練習をしろ。おまえの淹れたコーヒーは売り物にならない」

息を吸うように胡桃をバカにしながら、コーヒーを淹れ始めた。反論したいが、ポウの淹れたコーヒーは確かに美味しい。ただのブレンドでも味が透き通っている。それに比べると、胡桃の淹れたコーヒーは格段に味が落ちた。

「普通に淹れたのに……」

ここまで味が違う理由が分からなかった。コーヒーを飲み比べ、考え込んでいると、ポウに質問された。

「普通って何だ？」

「ええと……」

すぐには答えられなかった。思い出したくもない過去の記憶が、脳裏を駆け巡った。

会社をクビになったとき、普通に働いていたのにリストラされたと思った。理不尽な仕打ちを受けている気持ちに襲われ、泣きたくなった。でも、改めて普通の意味を聞かれると答えられない。

「みんなと同じようにって意味よ」

苦し紛れに答えた。ただ言い換えただけの、答えになっていない返事だった。

ポウは突っ込まず真面目な顔で質問を重ねる。

「みんなと同じで楽しいのか？」

「楽しいのかって――」

考えたこともなかった。本が好きで出版社に就職したのに、楽しいと思って働いていなかった。時間に追われるように、ただ毎日をすごしていた。

「し……仕事って楽しいばかりじゃないから」

答えた言葉は苦かった。こんな返事をするために今まで生きてきたのだろうか。

「そうか」

ポウはうなずき、コーヒーをカップに注ぎ始めた。

「仕事のことは分からないが、コーヒーは楽しい気分で淹れたほうが旨くなる」

コーヒーの芳醇な香りが喫茶店いっぱいに広がった。飲む前から美味しいと分かる。

ポウは楽しい気分で働いているようだ。

約束した時間通りに、由美はやってきた。

「ごめんなさい」

喫茶店に入るなり深々と頭を下げた。

「一緒にくるのを嫌がって――」

ユーリのことである。喫茶店にくるのを拒み、タンスの上に隠れてしまったという。

「言うことを聞かない子で……」

由美が申し訳なさそうに頭を下げ続けるが、猫がわがままなことくらい百も承知している。例えば、胡桃の知っている黒猫は、性格が悪く不愛想だ。タンスの上に隠れる可愛げはなく、むしろ人間を追いやりそうな猫であった。

もちろん性格のいい猫もいる。

「コーヒーが入ったでござる」

まげ太が銀色のトレーを持ってきた。白い割烹着を着ているせいか、癒し度がアップしている。

女子が癒されるのは、イケメンの存在だけではない。

「甘いものも用意したでござるよ」

コーヒーと一緒にパンケーキを持っていた。胡桃の分までちゃんとある！　癒されるだけでなくテンションが上がった。

テーブルの上にそれらを置きながら、まげ太は言う。

「コーヒーを淹れたのはポウどのでござるが、パンケーキは拙者の仕事でござる」

おっとりした見かけによらず器用だった。テーブルに置かれたパンケーキには、チョコレートで猫の絵が描いてあった。チョコレートの色が黒いせいか、どことなくポウに似ている。

「熱々のうちにどうぞ、でござる」

返事をするように、胡桃の腹の虫が小さく鳴った。

バターと砂糖の甘い香りが鼻をくすぐる。カリカリに焼いた生地の上で、バターが溶け始めていた。パンケーキもシナモンロールに劣らずコーヒーに合う。熱いうちに食べるのが礼儀というものだ。

フォークを手に持ちパンケーキを食べようとしたところで、由美が固まっていることに気づいた。コーヒーにもパンケーキにも手をつけようとしない。

「食べないのでござるか？」

まげ太が心配そうに聞いた。由美はパンケーキを見つめている。胡桃もパンケーキに目を落とした。猫の毛でも混じっていたのだろうか。

「実は……持ち合わせがそんなになくて……」

言いにくそうにそう言った。

なるほど。そういうことか。食べようとしない理由がやっと分かった。

一日に二度も喫茶店でコーヒーを飲むなんて、上流階級のやることだ。『くろき』は高い店ではないが、安くもない。コーヒーにパンケーキをつければ千円はする。それだけのお金があれば、もやしが死ぬほど買える。

「お恥ずかしい話なんだけど、年金で細々と暮らしているの。夫に先立たれて一人暮らしになっちゃって……。身体が動くうちは何とかなるにしても、この先のことを考えると不安で……」

その気持ちも痛いほど分かった。この喫茶店にやってくるまで、誰にも頼れない心細さに眠れぬ夜をすごした。暗い天井を眺めながら、このまま仕事も見つからず、独りぼっちで生きていくのかと何度も考えた。生きていくのは辛いことだ。

胡桃は言葉を失い、由美も黙り込んだ。

重苦しい空気に押し潰されそうになったとき、まげ太が明るい声でその雰囲気を振り払った。

「パンケーキは試作品でござる。料金を頂戴する代わりに、感想を聞いているでござるよ。評判がよければ、メニューに載せてもらえるでござる」

やっぱり、まげ太はいいやつだ。心のやさしい猫だ。まげ太がいてくれてよかった。

一方、悪いやつのポウも何も言わない。歓迎している表情ではないが、まげ太の嘘を認めるつもりのようだ。

「どうぞ召し上がってください」

由美が食べてくれないと、胡桃も食べにくい。焼き立てのパンケーキを食べたかった。早く食べないと冷めてしまう。

温かいうちに是非、と胡桃は訴えた。

「こんなに美味しいパンケーキ、食べたことがないわ」

パンケーキを食べ終えた後、由美が言った。

あながちお世辞ではないだろう。まげ太のパンケーキは絶品だった。昔ながらのホットケーキに近いが、表面はカリカリで中身はフワフワだ。チョコレートソースの甘さが、バターの香りを引き立てている。クックパッドに載せたら、絶対に人気が出る。

「コーヒーも美味しい」

由美は砂糖もミルクも入れずブラックで飲んでいた。ポウを褒めたくないが、こちらも美味しかった。さっぱりしていて程よい酸味がある。

「パンケーキに合わせて、ミディアムローストにしたのでござるな」

わざわざ豆の焙煎(ばいせん)を変えたらしい。ミディアムローストとは、浅煎(あさい)りに近い中煎りのことである。

ちなみに、一般的に日本で飲まれているのは、ミディアムローストより二段階上の中煎り、シティローストだ。

「軽い味のケーキには、ミディアムローストが合うのでござるよ」

まげ太が説明を付け加えた。まげ太的辞書――マゲペディアか。

そのコーヒーを飲み干し、由美が相談を始めた。

「最近、うちの猫がご飯を食べないの」

「病気でござるか？」

まげ太が聞き返した。人懐こく愛想のいい三毛猫は、すっかり由美と仲よくなっていた。他に客がいないのをいいことに、胡桃の隣に座り込んでいる。

不愛想な黒猫は、話に加わらずカウンターでカップを磨いている。何食わぬ顔をしながら話を聞いていた。

「それが……病気かどうか分からないの」

「病院にはいったのでござるか？」

「連れていこうとすると、嫌がって隠れちゃうのよ」

「ユーリと仲よくないのでござるか？」

まげ太がストレートな質問をした。胡桃も同じことを考えていた。言葉の節々から、ユーリを持て余しているような印象を受けたのだ。

「そうね……。まだ仲よくはないわ。ユーリの世話をしていたのは主人なの」

老婦人がこくりとうなずいた。亡くなった夫の飼い猫——忘れ形見だったようだ。

「ご主人は猫好きだったんですか？」

何となく聞いてみると、今度は小さく首を振った。

「嫌いじゃなかったと思うけど、好きというほどじゃなかったわ。飼ったことなんかなかったし……。半年くらい前に、突然ユーリを買ってきたの」

「衝動買いでござるか？」

「思いつきで買い物をする人じゃなかったわ。ペットショップで猫を買うなんて……」

ロシアンブルーは決して安い猫ではない。十万円から二十万円、店によってはそれ以上の価格で売られている。年金生活のお年寄りが、おいそれと買える金額ではない気がする。

猫好きでもなく、衝動買いでもない。由美の夫は何を考えてユーリを買ってきたのだろうか？

ドリトル先生でもシャーロック・ホームズでもない胡桃には分からない。

「強い男の名前だ」

唐突にポウが言った。

「え？　何？」

「ゆうりあるばちゃこふ」

一文字も欠けず聞き取れたが、意味のある言葉とは思えなかった。まるで早口言葉のようだ。

だが、そう思ったのは胡桃だけだった。由美がポウに向かって大きくうなずいた。

「あら、若いのによく知ってるわね。そのユーリよ」

感心している。

「そのって……どのですか？」

「だから、ゆうりあるばちゃこふだ」

ポウが答えたが、返事になっていない。そのちゃ、こ、ふを知らないと言っているのだ。

「ちゃんと説明しなさい」

「断る。面倒くさい。知らないほうが悪い」

「あ、あんたってやつは」

ぶん殴ってやろうかと思ったところで、まげ太が「喧嘩はダメでござるよ」と仲裁に入った。

「勇利アルバチャコフ。『ロシアン・ヒットマン』と呼ばれた、ボクシングの元世界チャンピオンでござるよ」

「ボクシング……」

　クルミペディアにない情報だった。出版社にいたころも、ボクシング関連の本作りには関わらなかった。

　どうしてそんなことを知っているのかと疑問に思ったが、ポウやまげ太にとっては近所の猫仲間である。しかもボスだと言っている。名前の由来を知っていても不思議はない。

「ペットショップでいちばん強そうな猫を買ってきたって言ってたわ。番猫にするんだって――」

「番犬ではなく番猫でござるか？」

「猫のほうが手間がかからないからな」

　ポウがまげ太に言った。散歩や狂犬病の予防注射のことなどを考えると、確かにそうなのかもしれない。

「ユーリに一目惚れしたのでござろうかな」

　その可能性もあった。

　とにかく、由美の夫とユーリは仲がよかった。

「ユーリに毎日のように話しかけてたわ。男同士の話だから、私には内緒だって……。猫が人間の言葉を分かるはずがないのに……」

猫に話しかける老人の姿が思い浮かんだ。

色褪(いろあ)せた古畳の上で、頑固そうな老人が美しい毛並みの洋猫に話しかけている。猫は神妙な顔で話を聞き、老人の妻は夕食の支度をしている。

まな板の音がやみ、醬油(しょうゆ)と味噌(みそ)の香りのする食事ができ上がる。何を話していたのかと妻が聞いても、老人も猫も答えない。内緒だと首を振り、妻はわざとらしくため息をつく。それから、二人と一匹で食事を始める。そんな毎日があったのだ。

その毎日は失われてしまった。大黒柱だった老人は逝ってしまい、年老いた妻と猫が取り残された。老人の声は聞こえない。

「夫の大切な猫なの。ユーリを死なせたら、あの世で怒られるわ」

由美が強い口調で言った。胡桃の目をまっすぐに見ながら言葉を紡ぐ。

「どうして、ご飯を食べないのか知りたいの。病気なら引っかかれても病院に連れていかなきゃ」

6

「結局こうなったか」

由美が家に帰った後、黒猫王子が肩を竦(すく)めた。すらりとした長身のポウが肩を竦めると、モデルがポーズを取っているように見える。

ポウほど絵にならないだろうが、胡桃だって肩を竦めたかった。またしても頼みを断り切れず、明日にでも由美の家にいって、ユーリと会う約束をしてしまった。

「胡桃どのはやさしいのでござるよ。そういう胡桃どのだから、拙者は一緒にいるのでござる」

まげ太が慰めてくれた。年下の美男子に慰められると、胸がきゅんとする。もっと慰めて欲しかったが、性悪猫のポウが邪魔をした。

「やさしい？」

顔をしかめて、まげ太に聞く。

「他人の言いなりになるのが、やさしいということなのか？」

「そういう側面もあるでござる」

認めてしまうところが猫である。

反論する気にもなれず、話を強引に変えた。

「ロシアンブルーって、どんな猫？」

「生意気な猫だ」

打てば響くように答えが返ってきた。生意気？

「ええと……ポウよりも？」

聞き返すと、さらに聞き返された。

「おれのどこが生意気だ？」

本気で分からないらしく不思議そうな顔をしている。自覚がないというのは恐ろしい。顔も態度も発言もすべてが生意気だと教えてやりたかったが、そう答える前に、まげ太が説明し始めた。

「プライドは高いでござるな。もともとロシアの貴族に飼われていた、と言われてるくらいでござるから」

生意気でプライドが高く、貴族の飼い猫で、その上、ヒットマン。ものすごく面倒くさそうな猫だ。

「もう一つ付け加えると、用心深い猫でござるな。ロシアンブルーは警戒心が強く、あまり他人を信じない性格でござる」

ますます近寄りたくない。何となくだが、トラウマを抱えていそうである。ハリウッド映画の主人公のようだ。

ただ、話を聞いてぴんときたことがある。

「由美さんのことも信用してないとか？」

「どういう意味だ？」

「信用してない人からエサをもらいたくないんじゃなくて？」

だからエサを食べない。筋の通った推理に思えた。しかし賛同は得られなかった。

「知らん」

「分からないでござる」

二匹そろって素っ気ない。もう少し言いようがあるだろうと不満に思っていると、猫たちが再び口を開いた。

「ユーリが誰を信用してるかなど知るわけなかろう」

「そのとおりでござる。勝手に答えられないでござる。本人に聞いてみるのが一番でござるよ」

由美の家にいかなければダメらしい。ため息をつき、喫茶店を閉めようとしたときである。

ドアベルがカランコロンと鳴った。誰かが入ってきた音だ。こんな時間に客？　客がきたのか？

入り口を見て、ぎょっとした。

店に入ってきたのは、外国人だった。

胡桃より三つか四つ年上に見える男が、客のいない喫茶店に入ってきた。

雪のように白い肌に、絹糸のような光沢のある銀色の髪。その髪の毛は短く刈ってあり、瞳の色はエメラルド・グリーンである。白のヘンリーネックTシャツがよく似合っていた。

一目で筋肉質だと分かる体形をしている。ハリウッドのアクションスター、それも軍人か殺し屋を演じる俳優のような容貌だ。

ワイルド系のイケメン。思わず目を奪われてしまった。手の綺麗な男にも弱いが、筋肉質の男らしい身体にも、ときめきをおぼえる。――いや見とれてる場合ではない。

せっかくきた客だ。川越を訪れる外国人は珍しくない。住んでいる人だっているだろう。きちんと接客しなければ悪い評判が広まってしまう。ネットに悪口を書かれて店が潰れてしまう。

「ハ……ハロー」

とりあえず声をかけた。ちゃんと発音できたと思う。学生時代、英語の成績はよかった。英検だって準二級まで持っている。

それなのに反応がない。イケメン外国人は眉一つ動かさなかった。

言葉が通じなかったのか？　ウェルカムと言うべきだったか？　「いらっしゃいませ」の正しい言い方が分からない。ど、ど……どうすればいい？

「落ち着け」

ポウの声が聞こえた。イケメン外国人に目をやり、面倒くさそうに呟く。

「あいつはアメリカ人でもイギリス人でもない」

つまり日本語でいいということか。日本語なら、それなりに自信があった。三十年近く使っている。パニックが収まり気分が落ち着いた。

改めてイケメン外国人に向き直ったが、「いらっしゃいませ」と言うことはできなかった。まげ太の声が割り込んできた。

「ロシアでござるな」

予想外の一撃だった。

「ろ、ろ、ろしあ？」

ロシア人ということはロシア語だ。でも、ロシア語なんてウォッカとピロシキとゴルバチョフ、エリツィン、プーチンくらいしか知らない。

外国語は単語の羅列で通じることがあるが、さすがに「ピロシキ、エリツィン、プーチン」では無理だろう。

途方に暮れていると、再びポウが話しかけてきた。

「慌てるな。日本語で通じる」

「本当？」

藁にもすがる思いで聞き返すと、黒猫王子が顔をしかめた。

「相変わらず鈍い女だ。まだ気づかないのか？」

「え？」

「ロシアはロシアでも、あいつは人間じゃない」

さすがに何を言おうとしているのか分かった。

「ま……まさか――」

「そうだ」

胡桃の台詞を最後まで聞かず、ポウがうなずいた。

「が……外国人にも化けるの？」

「猫に国境はないでござるよ」

まげ太が格言じみた台詞を口にし、それから銀髪のイケメンを紹介した。

「ロシアンブルーのユーリでござるよ」

由美の飼い猫が人間の姿で喫茶店にやってきたのだった。

「いらっしゃいませ。く……『くろき』にようこそ」

とりあえず客として出迎えてみたが、ユーリはそれを無視した。乾いた声で胡桃に言った。

「あいつが頼み事をしたようだな」

「あいつ？」

「由美だ」

あいつ呼ばわりした上に、飼い主を呼び捨てにしている。普段からそうしていると分かる口調だった。

生意気な猫だ。ポウも胡桃を呼び捨てにしているが。

「由美が何を頼んだかは知っている。断れ。おれに構うな」

命令口調で言われた。初対面なのに無礼な猫である。ポウも最初から命令口調だったが。

ユーリより先に叱っておかなければならない輩がいることに気づいた。そやつに目をやると、我関せずといった顔でコーヒーを淹れていた。

ユーリはユーリで、しつこく胡桃を脅しつける。

「余計な嘴を挟むな。暇を持てあましているなら、ゴミ拾いでもしてろ」

だんだん腹が立ってきた。好きで猫の言葉が分かるようになったわけじゃない。好きで猫の相手をしているわけじゃない。好きでこんな目に遭ってるわけじゃない。

「どうして何も食べないのよ?」

単刀直入に聞いた。腹立ち紛れという側面もあるが、これだけ生意気で無礼な猫なのだから、言いたいことをはっきり言うだろうと思ったのだ。理由が分かれば、お役御免である。喫茶店の仕事に集中することができる。

だが世の中は世知辛く、いつだって胡桃の思い通りにはならない。ユーリは質問に答えてくれなかった。

「おれに構うな、と言ったのが聞こえなかったのか？」

低い声で呟き、一歩二歩と近づいてきた。猫だと分かっていても怖かった。本物の殺し屋か、と思わせる迫力があった。

「この件から手を引け。おれに構わないと約束しろ」

「由美さん、心配してたよ」

情に訴えたが、通じなかった。

「心配だと？　自分の世話もできない年寄りが笑わせるな」

「あ……あんたねえ——」

「もう一度だけ言う。おれと由美に構うな。棺桶に片足を突っ込んでいる年寄りの頼みなど放っておけ」

後には退けなかった。ユーリの言いぐさはひどすぎる。

「由美さんは、あんたのことを大切に思ってるのよ」

ユーリは亡くなった夫の忘れ形見だ。二人ですごしたころの思い出が詰まっている。

「どうしてご飯を食べないのか教えてくれたら構わないわよ。病気？　だったら病院に連れていくって、由美さんが——」

「黙れ‼　黙って言うとおりにしろ‼　構うな‼　女らしくおとなしくしてろ‼」

なんて時代錯誤な猫だ。今度こそ、本当に頭にきた。

「構うも何も、あんたがご飯を食べない理由を言えばいいだけよっ‼」

「ふん。いい度胸だ」

銀髪の外国人が唇を歪めた。

「おれの言葉が聞こえなかったようだな。耳が故障しているのかもしれん。聞こえるようにしてやろう」

指をパキパキ鳴らした。映らなくなった昔のテレビを叩くように、胡桃を殴るつもりなのか。

「うちのテレビは叩くと直る」

やっぱり。どこまで本当か分からないが、そのテレビ、古すぎだろう。今のテレビは叩いても壊れるだけだ。それに、

「私はテレビじゃないからっ」

「それがどうした？　テレビも人間も似たようなものだ。叩けば直るかもしれん」

壊れていることが前提なのか。

「無理だ」

ポウが呟いた。いつの間にか近くに立っていた。助けにきてくれたのだろうか？

ユーリの矛先がポウに向かった。

「おれに逆らうつもりか？」

「無理だ、と言っているだけだ。この女は耳も頭も顔も悪い。叩いたくらいじゃよくならない。疲れるだけだ。やめておけ」

これで庇っているつもりか。ユーリよりずっと口が悪い。

「おまえの指図は受けん」

「かっこいい台詞を言ってるつもりか？　いつの時代の決め台詞だ？」

「何だと？」

ユーリの目つきが尖った。ユーリは態度が悪いが、ポウは性格が悪い。今にも喧嘩が始まりそうである。

止めなければ。

怪我でもされたら、それこそ動物病院に連れていかなければならない。人間の病院より高いのに。

「やめなさいッ」

黒猫とロシアンブルーを掻き分けようとした瞬間、誰かが胡桃の洋服をつかんだ。振り返ると、まげ太が胡桃のスカートの端を引っ張っていた。

「近づいては危ないでござる!!」

心配してくれるのはうれしいが、スカートはつかむものではない。スカートがめくれ上がった。

胡桃にだって羞恥心（しゅうちしん）はある。猫が相手だろうと、パンツを見られたくない。

「きゃあ――」

慌ててスカートを押さえようとしたのが失敗だった。胡桃はバランスを崩した。

この日にかぎって、ヒールの高い靴を履いていた。何度も言うが、運動神経はいいほうじゃない。顔面から床に倒れそうになった。スカートを押さえているので、とっさに手を突くことができなかった。

確実に転ぶ。顔を床にぶつける。

ポウと出会ってから転んでばかりいるような気がする。何もかも、黒猫（あいつ）のせいだ。呪ってやる。

しかし、転ばなかった。胡桃を抱き留める影があった。

「鈍くさい女だ」

それはユーリだった。素早い身のこなしで助けてくれた。顔面を床にぶつけずに済んだ。

「……ありがとう」

だが問題があった。胡桃の頰がユーリの腕に触れている。滑らかな皮膚と筋肉の感触があった。

　――人間になっている猫の肌に触れてはならない。

　この禁忌を犯すと、彼らはモフモフになってしまう。猫になってしまう。ユーリについても、この法則は当てはまった。

「手間をかけさせるにゃ」

　猫言葉になり、筋肉質の身体が縮み始めた。カタチのいい、三角の耳がぴょこんと現れ、洋服が床に落ちた。

　西欧風の喫茶店に綺麗な猫が現れた。光沢のあるブルーの被毛は美しく、エメラルド・グリーンの瞳が静かに輝いている。

　これがロシアンブルーか。人間だったとき以上にイケメンだ。見ただけで手ざわりがいい、と分かる毛並みをしている。頭や背中を撫でたかったが、ユーリが許してくれるとは思えない。それこそ引っかかれる。

「とにかく、おれに構うにゃ。そこの捨て猫の世話でもしてろにゃ」

　何事もなかったかのように呟き、喫茶店から出ていった。

「ふん。世話をしてるのは、おれのほうだ」

　ポウが鼻を鳴らした。

7

ユーリの飼われている家は、昔ながらの一軒家で二階建てだった。

子供や孫たちと一緒に暮らすことを夢見て、由美の夫が建てた家だ。賑やかに暮らしたいと願っていたらしい。

その夢は叶わず、子供たちは別の場所で家庭を持っている。仲違いしているわけではないが、疎遠になっていた。住んでいるのは、由美とユーリだけだ。

お節介な胡桃とやらの喫茶店を後にし、ユーリは家に帰ってきた。いつものように屋根に上り、二階の窓から中に入った。

二階の部屋は、もともと子供たちが使っていたものだ。今では物置になっていた。階段が億劫らしく、由美は滅多に二階に上がってこない。

階段を下りて一階にいくと、線香のにおいのする部屋に由美がいた。背中を丸めるように座って、仏壇に話しかけている。

「あなたが逝ってしまってから、すっかり静かになっちゃったわ……。子供たちは電話をくれるけど忙しいみたい……」

何度も聞いていた台詞だ。由美は、朝に晩に同じ言葉を繰り返している。夫が死んでから、ずっとこの調子だった。

小声で鳴くと、由美がこっちを見た。うっすらと涙が浮かんでいた。過ぎ去った日々を思い浮かべて泣いていたのだ。

その涙を拭いもせずユーリに言った。

「あら、ユーリ。そこにいたの？　今、ご飯をあげるから」

エサをもらうつもりはなかった。一階に下りてこなければよかった。ユーリは二階に上がり、窓から外に飛び出した。

泣いている由美の顔が、いつまでも網膜に残って鬱陶しかった。

8

そのころ、胡桃はポウに説教されていた。

「ユーリのことは放っておけ。余計なことに首を突っ込んでる場合じゃないだろ」

言われなくても分かっている。

「このまま喫茶店にお客どのがいらっしゃらぬと、拙者たち、ご飯を食べられなくなってしまうでござる」

まげ太までが言った。今日の客は由美一人だった。しかも、パンケーキをサービスしてしまった。文句のつけようのない赤字である。

「そうかもしれないけど引き受けちゃったし……。病気だったら、由美さんに教えてあげないと……」

「おまえの目は節穴か？」

レトロな罵り文句を浴びせられた。腹が立つより戸惑った。この黒猫は、いつも言うことが唐突すぎる。

「どういう意味よ？」

「ユーリが病気に見える目は節穴だ」

病気じゃないと言いたいようだ。

「でも、ご飯を食べないって」

「エサを食ってない猫の姿じゃない」

「あ……」

確かにそのとおりだ。引き締まっていたが、痩せてはいなかった。毛並みに艶があり、必要以上に健康そうだった。胡桃を脅すほどに。

「じゃあ由美さんが嘘をついたの？」

「胡桃に嘘をついても仕方あるまい。時間の無駄だ」

一々引っかかる言いようだが、ユーリはともかく由美は嘘をつくような人間には見えない。しかし、するといっそう意味が分からなくなる。

「食べてないのに元気って……」

なぞなぞみたいである。

「猫にはよくあることだ」

「さようでござるな」

ポウとまげ太が口々に言った。本当のことらしい。

猫は食べなくても平気ということか？

大いに考えられる。そもそも人間に化ける猫たちだ。ポウとまげ太のご飯を抜きにしてみようか。食べなくても平気なら食費が助かるし、ご飯を用意する手間も省ける。

「なんか、ろくでもないことを考えてるだろ？」

ポウが顔をしかめた。猫が人間の心を読むとはよく言われることだが、この黒猫はサイコメトラーかと思うほど鋭い。

「ろくでもないって何よ？」

「おまえのことだ。〝胡桃〟と書いて〝ろくでもない〟と読む」

そんな話は初めて聞いた。うちの両親はそんな意図で名前をつけたのか。

「あんたって猫は――」

怒鳴りつけてやろうとしたところで、まげ太が割って入ってきた。

「まあまあでござる。その手の喧嘩は、猫も食わないでござるよ」

仲裁キャラが板につきつつあるが、発言内容はいろいろと間違っている。「猫も食わない」ではなく「犬も食わない」だし、だいたい夫婦喧嘩を仲裁するときに使う言葉だろう。

言葉を知らないだけなのか何か勘違いしているのか。勘違いされているような気もする。

問いただそうかと思ったが、まげ太の興味は他に移っていた。視線を落とし呟く。

「服を忘れていったでござる」

ユーリの服が床に脱ぎっ放しになっていた。忘れていったのではなく、猫に戻ってしまったので持って帰れなかっただけである。

「汚れてしまうでござるな」

その洋服を拾い上げ、丁寧に畳み始めた。割烹着と三角巾をつけているせいか、お母さんぽい。動作の一つ一つに性格のよさがにじみ出ていた。さすがは癒し系の猫である。

「洋服を取りにきたときにでも、もう一度聞いてみればいいでござる。ちゃんと話せば分かるでござるよ」

あの猫が素直に答えるとは思えなかったが、他に手段も考えつかない。膝だか鼻先だかを付き合わせて、聞いてみるしかなかろう。

それに――。

ユーリは転びかけたところを助けてくれた。態度が悪いだけで性格はいいのかもしれない。

「うん。分かった」

胡桃はうなずき、ユーリを待つことにした。果報は寝て待て、とクルミペディアにも書いてある。

しかし、猫はこなかった。

翌日の夕暮れ少し前、由美が喫茶店に駆け込んできた。

「ユーリがいなくなっちゃったの」

新たな事件が起こったのだった。今度は、猫の行方不明だ。

年老いても人生は続く。夜露をしのぎ食事を取るために、お金を稼がなければならない。

由美はシルバー人材センターに登録し、掃除や草むしり、農作業などの仕事をしていた。もらえる報酬は安いが、年金暮らしの高齢者には貴重な収入源だ。

老後に必要なお金は、千万円とも二千万円とも言われている。胡桃の世代は年金をもらえるかどうか微妙だし、この先貯金できる見込みもない。死ぬのは怖いが、長生きするのも怖い。思わず呟いた本音を、猫たちが聞きつけた。

「胡桃は間違いなく長生きするにゃ」

「長生きできるのは、めでたいでごにゃる」

「そのとおりにゃ。胡桃はめでたいにゃ」

めでたいには、「間が抜けている。愚かだ」という意味もある。黒猫が、どっちの意味でその言葉を使ったかは明らかだった。ポウを殴りつけてやりたいと思ったが、ぐっと我慢した。それはともかく。

夫に先立たれた後、由美は働いていた。フルタイムではなく、週に三、四日——昼間の数時間だけの仕事だ。遅くなることもあるが、夜までには帰ってくる。

今日も仕事にいったが、思いがけず早く終わった。予定より一時間早く帰宅したところ、ユーリが姿を消していた。二階にも見当たらず、タンスの上にもいなかった。

夫が残してくれた古い家だが、戸締りには気を遣っていた。ただ、そのときにかぎって二階の窓が開けっ放しになっていた。

「開けた記憶もないのに……。年を取るとダメね……」

由美は落ち込むが、閉め忘れたわけではあるまい。

ユーリなら自分で鍵(かぎ)を開けられる。今までだって由美が気づいていないだけで、勝手に抜け出していたはずだ。この喫茶店にもやってきている。

「警察に届けたほうがいいかしら？」

由美が言い出した。おろおろと立ったり座ったりしている。本気で通報しようか悩んでいるようだ。

「無駄にゃ」

「拙者もそう思うでごにゃる」

ポウとまげ太が、猫の言葉で言った。二匹の言葉は由美に伝わらないが、残念ながら猫たちの言うとおりだ。

盗まれたのならともかく、いなくなっただけである。いくら最近の警察が親切でも、行方不明の猫を探してくれるとは思えない。それくらいのことが分からないわけではなかろうが、由美は動揺していた。

「夫の可愛がってた猫なの」

胡桃に向かって訴えた。

この言葉を耳にしたのは何度目だろうか。しかし、その気持ちはよく分かる。三十年も生きていない胡桃にだって理解できた。ユーリは亡くなった夫の忘れ形見だ。幸せだったころの思い出が染みついている。思い出のない人生は辛すぎる。

夫が残した古い家で、一人で暮らす由美の姿が思い浮かんだ。夫に先立たれ、今度は忘れ形見の猫を失おうとしている。

「私、探してみます」

気づいたときには言っていた。他人の世話を焼いている場合ではなかろうと、やっぱり放っておけない。


ユーリが帰ってくるかもしれないから、家にいたほうがいい。

そう言って由美を帰した後、二匹の猫に向き直った。

「捜しにいってくるから、お留守番お願い」

毅然とした態度で言ったつもりなのに、猫には通用しなかった。

「嫌にゃ」

「断るでごにゃる」

速攻で拒否された。ポウはともかく、まげ太までが首を振っている。言うことを聞いてくれない。

「留守番くらいしてくれたっていいでしょ!?」

「胡桃が捜しにいっても時間の無駄にゃ」

打てば響くように、ポウが言い返してきた。

怒鳴りつけてやろうと思ったが、ポウに先手を取られた。

「自分の思い通りににゃらにゃいと、怒るのは人間のダメにゃところにゃ」

口の達者な猫だ。胡桃の何倍も舌が回る。

「特に胡桃はダメにゃ」

悪口も忘れない。

くっ。偉そうに。

「あんた、何さまのつもり？」

「猫さまにゃ。人間より賢くて偉いにゃ」

ポウが胸を張った。〝俺さまキャラ〟より強烈な〝猫さまキャラ〟だった。

「少にゃくても胡桃よりは賢いにゃ。当たり前すぎて自慢にもにゃらにゃいけどにゃ」

こ、こいつは。殺気を込めて睨みつけると、まげ太が口を挟んだ。

「喧嘩(けんか)している場合じゃにゃいでごにゃる。胡桃どの一人で猫を見つけるのは無理でごにゃる」

また仲裁された。喧嘩ではなく、一方的に言い負かされていたような気がするが、確かにしゃべっている場合ではない。

「どうやってユーリを捜すつもりにゃ？」

ポウが質問してきた。

「そ……それは……」

考えていなかった。やみくもに飛び出そうとしただけである。

「ただ行動すればいいというものじゃにゃいにゃ。誰かを助けたかったら、ちゃんと考えて動くにゃ」

黒猫にまた説教された。反論することのできない、もっともな意見だった。

「何の考えもにゃく動き回るのは、ただの自己満足にゃ。だいたい胡桃は――」

こんこんと諭されていると、三毛猫が黒猫を宥めた。

「まあまあでごにゃるよ。胡桃どのに悪気はにゃいでごにゃる」

何度でも言うが、まげ太がいてくれてよかった。正論だけでは息が詰まってしまう。人生にやさしさは必要だ。

「これから、みんなでユーリどのを捜しにいくのでごにゃろう」

ポウに向かって言った。留守番を断ったのは、一緒に捜しにいくつもりだったからみたいだ。そう言ってくれればいいのに。

「捜しにいくには都合のいい頃合いにゃ」

「ん?」

「外を見てみるにゃ」

言われるがままに窓の外に目をやると、日が沈んでいた。夜が訪れ、一日が終わろうとしている。

「店を閉めてもいい時間だ」

「閉店でござるな」

閉店時刻を決めているわけではないが、確かにそんな時間だ。

「そうね」

うなずいて、ふと気づいた。いつの間にか二匹のしゃべり方が変わっている。語尾の〝にゃ〟と〝ごにゃる〟が消えた。

こ……これはもしや。

窓の外から店内に目を移すと、ポウとまげ太が人間の姿に変わっていた。王子さま顔のイケメンと可愛い系の年下男子が、胡桃のすぐ近くに立っていた。両手に花の状態である。だが、その花には問題があった。

「そうと決まったらいくでござるよ」

「ぐずぐずするな、胡桃」

さっさと外に出ていこうとする。

「ちょっと待って‼」

胡桃は止めた。

「何だ？　まだ文句があるのか？」

「店を閉めたくないでござるか？」

イケメン二人が怪訝な顔をするが、店を閉めることに異存はない。ただ、二人を止めなければならない理由があった。

「捜しにいくのはいいけど、……服を着てからにして」

猫から人間になったばかりで、ポウもまげ太も服を着ていなかった。丸裸で外に出ていくのは止めて欲しい。胡桃は猫たちにお願いした。

9

猫たちは優秀な捜査官だった。

鋭い嗅覚で道に残っているユーリのにおいを嗅ぎ分けた。

「こっちでござる」

「自分の肢で歩いていったようだな」

「足跡も残っているでござる」

夜目が利く上に、梅の花のような小さな足跡を見分ける。警察猫がいないのが不思議なくらいの鮮やかさである。日本の警察は、猫を雇うべきなのかもしれない。言うことを聞くかどうかの問題はあるが。

ただ捜す相手も猫だけに、一筋縄ではいかなかった。

「あの家にいったようだな」

と言われ、近づいてみると、

「通っただけみたいでござる」

空振りの連続だった。しかも、二匹ときたら、においを追いかけて他人の庭に入ろうとする。

「勝手に入っちゃダメよ。怒られるわよ」

場合によっては通報される。

「大丈夫でござるよ。ここの家のご主人は猫好きでござる」

「エサをくれる家だな」

ノラ猫にエサをやるのは必ずしも褒められたことではないが、問題はそこではない。

「今、猫じゃないから」

と、不法侵入を避けているうちに、ユーリのにおいを逃してしまったようだ。二人の足が止まった。

しかし、猫の捜査官は諦めない。鋭い鼻の他にも武器があった。猫仲間への聞き込みである。

「ユーリを見かけなかったでござるか？」

まげ太が、塀の上で丸くなっている猫に話しかけた。

サバトラ柄の図体の大きな猫だった。隻眼で、右目に刃物で切られたような傷痕が残っている。今までも何度か見かけたことがあった。いわゆる顔見知りの猫だが、話したことはなく名前も知らない。

「マサムネでござる。川越の顔役でござるよ」

まげ太が紹介してくれた。イメージ通りのごつい名前だ。ボスと顔役の違いは分からないが、とにかく貫禄がある。戦国武将の伊達政宗を思わせる風格を漂わせていた。

ごつい猫がこっちを見た。

「そいつが胡桃にゃか」

なぜか名前を知られていた。しかも呼び捨てである。猫に呼び捨てされるキャラが確立しつつあった。

「ドリトル胡桃とは、こいつのことだ」

ポウが適当に紹介した。そのニックネームは定着させないで欲しい。動物の相談を引き受けていると思われそうだし、ドリトル先生のファンに叱られる。

「ポウの新しい飼い主にゃか。噂は聞いてるにゃ」

どんな噂か質問する勇気はなかった。すると、ポウが代わりに返事をした。

「いや、主人はおれだ。胡桃を雇ってる」

何かが間違っている気がするが、どこが間違っているのか指摘できない。ポウが店長なのは事実である。昔風の言い方をすれば、主人と奉公人だ。

名のある出版社に勤めていたはずが、いつの間にか猫に雇われ、猫の間で噂になっている。一寸先は闇とはよく言ったものだ。人生は驚きに満ちている。今まで生きてきた世界が、この世のすべてではなかった。

とりあえず前を向こう。世の中すべての猫と話せるわけではないが、マサムネとは会話ができるらしい。人生に思いを馳せる前に、ユーリの居場所を突き止めよう。

「ユーリを探してるの。どこにいるか知らない？」

「知ってるにゃ」

マサムネがあっさりうなずいた。顔役だけあって、縄張り内の猫の動向を把握しているらしい。頼りになる猫だった。

「どこにいるの？」

「案内するにゃ」

サバトラ柄の猫が塀の上を歩き始めた。

この後についていけば、おそらくユーリは見つかる。この一件は解決すると分かっていたが、世の中にはできないことがある。

「何をやっている？　早くこい」

「マサムネがいってしまうでござるよ」

ポウとまげ太がひらりと塀の上に乗り、胡桃を促した。二メートルはあるブロック塀の上から、イケメン二人が胡桃を見下ろしている。

「無理言わないで」

アラサーの文化系女子が塀の上を歩けるか。

しかも、この日、胡桃は膝丈の——胡桃にしては短めのスカートをはいていた。いろいろな意味で塀の上を歩くのは危険だ。

塀沿いの道を歩いて追いかけようと思ったが、それもできなかった。

「こっちにゃ」

マサムネが宙を舞い、誰ぞの家の屋根に飛び移った。

ポウとまげ太もそれに続く。ふわり、ふわりと飛翔した。人間の姿をしていても、猫だけあって身が軽い。古びたトタン屋根に飛び乗っても、物音一つ立てなかった。見つかったらそれこそ通報されるだろうが、完全に闇に溶け込んでいる。

「すごい……」

思わず見惚れていると、黒猫王子と三毛猫男子が手招きした。

「何をしてる？　早くこい」

「ユーリは近いでござる」

「無理無理ムリ——絶対無理」

そう言っても分かってくれない。鈍くさい」

「上がってこられないのか？　鈍くさい」

「運動不足でござるか？」

「そういう問題じゃなくて——」

「じゃあ太りすぎか？」

「失礼ねっ！　ひょ……標準体重よ!!　……たぶん」

否定したが、猫たちは聞いていない。

「女性に年齢と体重を聞くのはマナー違反でござる」

まげ太がポウに注意した。

「面倒なものだな」

「女心は難しいものでござる」

胡桃の体重が重いという方向で納得している。

「ちょっと待ちなさいっ！　私の体重はひょうじゅ——」

「体重の話はマナー違反だ。すまなかった」

こんなときばかり、ポウは素直に謝った。ちゃんと話を聞け。私の話を聞いてくれ。

「だから——」

「分かった。もういい。体重が重くても気にするな。屋根が抜けても困る。そこで待ってろ」

「ユーリを連れてくるでござるよ」

アニメに出てくる怪盗のように屋根の上を走り、闇の中に消えた。

そして、胡桃は独りぼっちになった。

10

暗い夜道に一人で取り残されるのは、気持ちのいいものではない。

胡桃が置いてけぼりにされたのは繁華街から近いが、人通りの少ない寂しい場所だった。周囲に店はなく、民家も静まり返っている。住人のいなくなった空き家も多い。櫛(くし)の歯が欠けたように何軒かの家が取り壊され、ぽつりぽつりと空地が見えた。

川越市は決して治安のいい町ではない。特に、東武東上線(とうぶとうじょう)・JR川越線の川越駅から千二百メートルも延びている『クレアモール』は、埼玉県で有数の繁華街だった。昼間は観光客が多いが、日が落ちると柄が悪くなる。若者向けの居酒屋やカラオケ屋、パチンコ屋が軒を連ねているためだ。

十代二十代の非行少年グループがいくつもあり、ヤンキーの町だと言われることもあった。未成年者による物騒な事件も多い。

出版社に勤めているとき、毎日のように帰りが遅くなったが、人通りのない道を避けて家に帰った。タクシーを使ったこともある。

この日、その用心は正しかった、と証明される出来事が起こった。

ポウとまげ太たちがいってしまった十数分後のことだ。道の先のほうから男の声が聞こえた。誰かが「ひぃ」と叫んだ。聞き間違えようのない悲鳴だった。

どうしたものかと考える暇もなく、柄の悪い少年たちが姿を見せた。禿げ頭の中年男性を小突いている。ひとけのないところに連れていこうとしていた。オヤジ狩りの真っ最中であるらしい。

被害者には気の毒だが、それほど珍しい話ではない。実際に現場に居合わせたのは初めてだが、テレビやインターネットではよく見かける。日本中の至るところで類似の事件が起こっていた。

ただ中年男性に見おぼえがあった。胡桃の知っている禿げ頭だった。不動産屋の男性社員だ。不良少年に狩られてしまったらしく、涙だか鼻水だか分からない液体を垂れ流している。

助けてやる義理はないが、通報くらいはしてやろうと思った。スマートフォンは止められたままなので、人のいるところまでいく必要があるが、駅前には交番もある。

コンビニに駆け込んだっていい。

だが、助けを呼びにいくことはできなかった。禿げ頭が胡桃に気づき、作戦を台なしにした。

「間下さん、助けてくださいっ!!」

大声で名前を呼ばれた。不良少年たちが、一斉にこっちを見た。

ただ立っていただけなのに、絶体絶命の危機に見舞われてしまった。

「お姉さん、こいつの知り合い？」

不良少年の一人が顔を近づけてきた。ライオンのたてがみのような髪型をして、鼻にドクロのピアスをしている。

「知り合いって言うか……」

答えようとしたが、自分の声とは思えないほど掠(かす)れていた。喉(のど)が強張(こわば)って上手(うま)く声が出てこない。

控え目に言って怖かった。深夜のサファリパークに放り込まれた気分だった。ライオンもいれば、熊そっくりの体格の少年もいる。腹を減らしたハイエナみたいな顔の少年が、もの欲しげな目で胡桃を見ている。

一歩二歩と後退(あとずさ)り逃げ出そうとしたその瞬間、唐突に禿げ頭が声を上げた。

「金はやるっ！　だ……だから、おれを放してくれっ!!　その女がいればいいだろっ!?」

史上最低のハゲだ。胡桃を人身御供に差し出して、自分だけ助かろうとしている。

「警察に駆け込むつもりだろ？」

ライオン丸が聞くと、禿げ頭が首を激しく振った。

「絶対に駆け込まない」

きっぱりと言った。今にも胸に手を当てて誓いそうだ。胡桃でなくても、禿げ頭が本気で言っていると分かる。

「約束する。その女のことは忘れる」

強い口調で言って、ポケットから自分の財布を取り出した。

「ふん。いいだろう。おっさんに興味はねえ」

ライオン丸が財布を取り上げ、お金を抜き取った。一万円札が何枚か、右から左に移った。免許証か保険証を抜き取るかと思ったが、興味がないという言葉は本当らしく、金以外には触れず財布を投げ返した。

「財布は返してやる。さっさと失せろ」

一万円札を自分のポケットに押し込みながら、ライオン丸が顎をしゃくった。

「あ……ありがとうございますっ」

深々と頭を下げ、疾風のように去っていった。すがすがしいほどの逃げ足だった。

胡桃は不良少年たちの群れに取り残された。

絶体絶命のピンチの中、胡桃はライオン丸の髪の色が気になっていた。

金色というより黄色、しかも地毛に見えた。顔立ちもライオンに似ている。ライオンはネコ科だ。そして、猫は人間に変化する。

「もしかして――」

ライオン丸の腕に触れてみた。ぺたぺたと皮膚に手を当てた。

「…………」

何も起こらない。不良少年は不良少年のままだ。可愛らしい猫にはならなかった。

ライオン丸がにやりと笑った。

「遊んで欲しいみてえだな。いいところに連れていってやるぜ」

胡桃の手首をつかんだ。にやにやと卑猥な笑みを浮かべている。何を考えているかは、聞かずとも分かった。

「ち……違うっ!!」

「何が違う？　おれの腕を触ったじゃねえか」

「だって、いつもなら……」

言いかけて言葉を飲み込んだ。猫が人間に化けるなんて説明できるわけがない。

「いつも？　いつもこうやって男を漁（あさ）ってるのか」

「な……」

完全に勘違いされてしまった。ハゲと猫のせいだ。

「いいから、さっさといこうぜ」

ハイエナ顔の少年がせっついた。こっちを見て、よだれを垂らしている。

鳥肌がぞわりと立ち、血の気が引いた。

「放してくださいっ‼」

「聞こえねえな」

胡桃の腕を引っ張り歩き始めた。振り解（ほど）こうにもライオン丸の力は強い。ずるずると引っ張られた。

こうして路地裏に連れていかれた。黒いワゴン車が道路の端に止まっている。不良少年たちのクルマだった。

「乗れ」

ライオン丸がワゴン車のドアを開け、胡桃の背中を強く押した。

「た……助けて……」

悲鳴は闇に消えた。

ワゴン車に押し込まれてしまった。ぱたんとドアが閉められた。もう逃げることはできない。

このままどこかに連れていかれる。その先は想像することさえ、おぞましい。悲惨な未来しか見えなかった。

そんな未来はいらない。未来は現在の延長で、今を諦めたらそこで終了だ。

諦めない。

絶対に諦めない。

自分に言い聞かせ、力いっぱい叫ぼうとした。

「誰か――」

しかし助けを呼ぶことはできなかった。

「黙ってろ」

冷たい声が飛んできて脇腹を突かれた。

「ひ……ひぃっ!!」

心臓が止まりそうになった。ワゴン車の中に男がいる。暗がりのせいで表情までは見えないが、その男は全裸だった。

しかも二人いる！　全裸の男が二人もいた!!

逃げたいが、狭い車内には逃げ場などない。

全裸の男たちが動く気配があった。

もうダメだ。汚(けが)されてしまう。乙女ではいられなくなる——そう思ったとき、全裸の男がワゴン車のドアを開けた。

え？　ええっ？

胡桃に触れようともせず、ワゴン車から降りていこうとしている。貞操の危機はどうなった!?

その疑問は簡単に解けた。全裸の男たちが言った。

「胡桃はここにいろ」

「拙者たちに任せるでござるよ」

この声は。

顔を確かめる暇もなく、一人の男が何かを差し出し、命令する。

「おやつでも食ってろ」

煮干しだった。頭部を切り落とし、水でふやかしたものだ。猫のおやつである。

月明りが二人を照らす。胡桃の知っている顔があった。

「おやつの煮干しは一日一個まででござるよ」

「食いすぎるなよ」

人間の姿をした黒猫王子と三毛猫男子がいた。唖然とする胡桃に煮干しを押しつけ、二人のイケメンがワゴン車から出ていった。全裸のままで。

ポウとまげ太が全裸の理由は、何となくだが想像できた。

ワゴン車の窓が少しだけ——猫が辛うじて通れるくらい開いており、運転席をのぞくとスキンヘッドの若者が伸びていた。ポウとまげ太のしわざだ。ワゴン車に連れ込まれそうになっている胡桃を見て、猫になって先回りしたのだろう。そして人間に変化した。だから着物を着ていないのだ。

二匹のことを知っているから、こうして説明もできる。落ち着きも取り戻せた。

しかし、ライオン丸たちは、ポウとまげ太を知らない。

「な、なんだ、お……おめえたちはっ⁉」

目を丸くして悲鳴を上げた。腰を抜かさんばかりに驚いている。

「そりゃそうよ」

ワゴン車の中で独りごちた。

いきなり自分たちのクルマから見ず知らずのイケメンが二人——それも、全裸で現れたら誰だって驚く。

ポウとまげ太は平然としている。

「見ての通り、ただの通りすがりの正義の味方でござる」

「ワゴン車で女をさらおうとするとは危ない連中だ」

颯爽と決め台詞を言ったが、残念ながら決まらなかった。

「危ないのは、おめえらだろ⁉　見ての通りって、ただのヘンタイにしか見えねえよっ」

ライオン丸が怒鳴り返した。的を射た突っ込みであった。イケメンになった二匹は、ナニも隠していない。

「ヘンタイというのが何かは分からんが、とにかく正義の味方だ。『危ない正義の味方』と呼んでくれてもいい」

「拙者、危ないでござるよ」

胸を張って認めてしまった。全裸で胸を張ると、いっそうヘンタイっぽい。

ナニも見なかったことにして、この場から逃げ出したくなった。こんな連中とはかかわり合いになりたくない。

不良少年たちだって本当は逃げ出したかっただろうが、胡桃をさらおうとしたところを見られている。逃げるのは恥だというヤンキー的判断もあるのだろう。

「ヘンタイどもをぶっ殺せ!!」

不良少年たちが、ポウとまげ太を取り囲んだ。

不良少年たちは六人もいて、一人残らずナイフを持っている。銃刀法違反としか思えないゴツいナイフだ。

対するポウとまげ太は、何も持っていない。文字通りの丸腰の丸裸だ。そのくせ余裕をかましている。

「どこからでもかかってこい。相手になってやる」

「遊んでやるでござるよ」

ナニを丸出しにして不良少年たちを挑発した。普通であれば露出癖のある変質者にしか見えないところだが、整った顔立ちと引き締まった身体のおかげで絵になっていた。だんだん正義の味方に見えてきた。

「ふざけやがって、やっちまえ!!」

不良少年たちが青筋を立てて、ポウとまげ太に飛びかかった。ナイフを振り回し、二人を切ろうとする。喧嘩なれしているのか動きに無駄がない。

だが、ポウとまげ太の動きはそれを上回っていた。宙返りに側転、時には塀を駆け上り、攻撃を躱した。

不良少年たちのパンチやナイフは掠りもしない。昔のヤンキー映画とハリウッド映画くらいの差があった。ポウとまげ太の動きが凄すぎて、ときどき時空が歪んで見える。マトリックスか、おまえらは。

「ちょろちょろするんじゃねえっ！」

　ライオン丸がまた怒鳴った。ちょろちょろというレベルではないと思うが、言いたいことはよく分かる。

「ちょろちょろするのも仕事のうちでござる！」

「そういう側面もある！」

　まげ太とポウが言い返した。

「おめえらの仕事って何なんだよっ!?」

　ライオン丸の声は、悲鳴に近かった。不良少年たちが気の毒に思えてきた。危なげないのはいいのだが、ポウとまげ太は手を出さない。ひたすら避けまくっている。防戦一方であった。

「どうして戦わないの？」

　思わず呟いた声を、まげ太が聞きつけた。

「拙者、不殺の誓いを立てているのでござるよ」

　少年漫画の主人公のようなことを言い出した。なんだ、その設定は？　というか誰も殺せとは言っていない。

「殺さなくていいから、やっつけて!!」

「無理だ」

「無理でござる」

ポゥとまげ太が口を揃えたが、その返事は納得できない。胡桃としゃべりながら、不良少年たちの攻撃を躱し続けている。

背後から鉄パイプで殴られそうになっても、くるりと前転して躱す。遊んでいるとしか思えない余裕があった。殴り倒すくらい簡単にできるだろう。

「無理って、どうしてよ⁉」

「触れない」

「え⁉」

「触ったら、大変なことになるでござる」

そうだった。いろいろありすぎて、すっかり忘れていた。人間の肌に触れたら猫に戻ってしまう。

「意味が分からない……」

心の底から呟いた。触ることもできないのに助けにきたのか。敵に触れることのできない正義の味方なんて聞いたことがない。

――ん？

何かが頭に引っかかった。腑に落ちない出来事があったような気がするが、思い出せない。そして、その正体を確かめている暇はなかった。

「くそっ！」

ライオン丸の吐き捨てる声が聞こえた。嫌な予感に駆られ、そっちを見ると、髪の毛を黄色に染めた不良少年がワゴン車に突進してきた。ポウとまげ太をやっつけるのを諦め、胡桃を餌食にするつもりのようだ。

助けを呼ぼうとしたが、ポウとまげ太は近くにいなかった。さっきまで話していたのに、いつの間にか離れていた。塀の上でマトリックスしている。

「待たせたな。可愛がってやるぜ」

ライオン丸がワゴン車のドアを開け、胡桃に言った。

待ってないし可愛がられたくない。

胡桃は身を捩ったが、しょせんクルマの中である。捕まるのは火を見るより明らかだった。

ポウとまげ太の乱闘なんか見てないで、さっさと逃げればよかった。心の底から後悔したが、今さら手遅れだ。

走馬灯のように今までの出来事が脳裏を駆け巡った。

「あ」

そのおかげで思い浮かんだことがある。さっき頭に引っかかった疑問の正体が分かった。

ポウもまげ太も人間に触れないのに、どうして運転席に伸びている男がいるのか？

その答えは明白だ。胡桃たちが町に出てきたのは、彼を捜すためである。

「可愛がるのは猫だけにしておけ」

冷ややかな声とともに、運転席の影から全裸の白人が現れた。

いや、全裸ではない。右手に黒の革手袋をしていた。かっこいい登場シーンと言いたいところだが、裸に黒の革手袋はヘンタイ度が高く見える。

「おっ――おめえは誰だっ⁉　どこから出てきた⁉」

ライオン丸は喚いた。突然現れた筋肉質の白人を見て、鳩が豆鉄砲を食ったような顔になった。

「ユーリだ」

裸の外国人は答えた。

現れたのは、いなくなったはずのユーリだった。ひらりと身を躍らせ後部座席に移った。例によって丸出しである。

それを見て、ライオン丸が顔を引き攣らせた。乙女としては詳しく言えないが、ワイルドだった。

ライオン丸が自分の股間のあたりを押さえながら、自信をなくしたような声でユーリに質問する。

「あのヘンタイの仲間か？」

「あんなものと一緒にするな」

「仲間にしか見えねえよっ！」

「ふざけるな。寝言は寝て言え」

容赦なく右手を走らせた。糸を引くような、綺麗（きれい）なパンチだった。ライオン丸の顎（あご）に当たり、不良少年の身体がワゴン車の外に吹き飛んだ。アスファルトに背中を打ちつけ静かになった。

運転席のスキンヘッドを倒したのも、きっとこのワイルドユーリだ。手袋をつけて殴れば、肌に触れたことにならない。

とにかく助かった。

よく分からないけど助かった。

ワゴン車のすぐ外にスマートフォンが落ちている。殴られた拍子にライオン丸が落としたものだろう。この電話で助けを呼べばいい。

スマートフォンを拾おうとしたが、触れることはできなかった。

「ちょっと待ちな。あんたに用がある」

ユーリがワゴン車のドアを閉めた。

「いい子にしていれば、すぐ終わる」

裸の白人がドアをロックした。

「……用って？」

禍福は糾える縄の如し。

この世の幸不幸は、より合わせた縄のように常に入れかわりながら変転する。胡桃の幸は一瞬で終わった。

黒の革手袋をした裸の白人が迫ってくる。鍵をかけられ外に出ることもできない。

窓の外を見たが、ポウもまげ太も胡桃のピンチに気づいていない。不良少年たちの攻撃をひらり、ひらりと躱し続けている。遊びに夢中になっている猫のようにも見えた。実際どことなく楽しそうだ。胡桃を助けにきたのではなかったのか？

大声を上げて二匹を呼ぼうとしたが、またしてもユーリに先手を取られた。

「おい、女」

ユーリの顔がすぐ近くにあった。鼻と鼻が触れそうな距離だ。正確な表現は差し控えるが、ナニもすぐ近くにある。

ゴクリと唾を飲んだとき、ユーリが真剣な表情で言った。

「おれを雇ってくれ」

「は？」

胡桃は聞き返した。

11

由美の夫がユーリを買ったきっかけは、自分の身体に病気が見つかったことだった。

ペットショップからユーリを連れて帰る道すがら呟いた。

「先週病院で言われたんだが、わしは病気だそうだ。今日明日に死ぬ病気じゃないらしいが、まあ一年は生きられんだろうな」

独り言を呟いているようでもあり、ユーリに語りかけているようでもあった。

ユーリは話をちゃんと聞いていた。由美の夫に恩を感じている。ユーリの売られていたペットショップでは、成猫より仔猫のほうが人気がある。大人になりきっていたユーリは売れ残っていて、このままガラスケースの中で一生を終えるものと覚悟していた。

由美の夫は、そんなユーリを外界に連れ出してくれた。太陽の光を浴びさせてくれた。

「死ぬのは怖いなあ、ユーリ」

しわがれた声がそう言った。はっきりとユーリに話しかけてきた。

どこかで雀がさえずり、カラスが鳴いた。こうしている間にも終わりは近づいている。由美の夫だけでなく、ユーリも鳥たちもいずれは死ぬ。それが命あるものの宿命だ。

「わしはいい。由美のおかげで穏やかに暮らすことができた。いい人生だった」

自分に言い聞かせるように呟いた。

由美の夫は、古いタイプの男だった。家事は妻に丸投げで、生活費がいくらかかるかも把握していない。猫を飼う費用のことなど考えもしなかっただろう。

由美が独りぼっちになってしまう。ただそれだけを心配していた。高い金を出してユーリを買ったのも、由美を独りぼっちにしないためだ。

「由美のことを頼んだぞ。あいつは寂しがり屋でな。わしの代わりに一緒にいてやってくれ。由美を守ってやってくれ」

ユーリはうなずいた。男と男の約束だ。由美を守ってみせる。

このときは、そう思っていた。

12

　ワゴン車の外では、ポウとまげ太が不良少年たちを手玉に取っていた。ナイフを間一髪で躱し、挑発するようにポーズを決める。不良少年たちは二匹の動きについていけず、息を切らしダウン寸前だ。そのうち心臓麻痺で死ぬかもしれない。

　そこから視線を戻し、胡桃は質問した。

「どうして由美さんに冷たくしたのよ？」

「冷たくしたおぼえはない」

「ご飯を食べなかったじゃない」

　すると、ユーリが鼻を鳴らした。しかし、バカにした様子ではなく、どこか寂しげだった。

「おれはしょせん猫だからな。由美を守ることなどできない。むしろ、おれがいるせいで生活が苦しくなってる」

　由美に何をしてやることもできず傷ついたのは、彼女の夫だけではなかった。

「エサを食わなければ、それだけ節約になるだろ？」

　胡桃から目を逸らし、どこか遠くを見ながらユーリが呟いた。その声は小さく、儚げだった。

猫を飼うのも金がかかる。エサ代におやつ代、猫のトイレの砂代、ペット保険や病院代。一ヶ月の相場は、一万円とも二万円とも言われていた。年金暮らしの年寄りには大金だ。

「ちゃんと事情を話せばいいのに……」

「誰に話す？　由美にか？」

そうだった。普通の人間は猫の言葉が分からない。

人間に化けて気持ちを伝える方法もあるが、胡桃以外の人間には変化（へんげ）できることを秘密にしておきたいようだ。

「私が言おうか？」

「言ったところでどうなる？」

「どうなるって――」

どうにもならない。生活が楽になるわけでもなく、猫に懐具合を心配されていると、由美が情けない思いをするだけだ。

とにかく、ユーリは由美を嫌っていなかった。由美のためを思ってエサを食べなかったのだ。お金を使わせないように。

だが疑問は残っている。

「ご飯食べてないのに平気なの？　猫は食べなくても平気とか」

「化け猫でもあるまいし、食わなくて平気なわけがなかろう。ちゃんと食ってる」

「でも由美さんは、あんたがご飯を食べないって……」

「由美だけが女じゃない。貢いでくれる女がそこら中にいてな」

悪いホストのようなことを言い出した。そこらの男が言ったなら噴飯ものだが、ユーリが言うと説得力がある。

女を食い物にするなんて、と睨みつけると、ユーリが涼しい顔で続けた。

「女だけじゃない。男も貢いでくれる。おれのために、わざわざキャットフードを買っておいてくれる家もあるくらいだ」

そこまで言われて、ようやく意味が分かった。さっき、ポウとまげ太もエサをくれる家があると言っていた。ユーリは近所の猫好きの家庭をまわり、エサをもらっていたのだ。

「それじゃあ、今日はどうして帰らなかったの？　もしかして家出？」

「家出などするか。由美を一人にはしない。ちょっと食べすぎて寝ちまっただけだ」

ユーリが肩を竦めた。猫らしいオチだった。

「もう外で飯を食うのはやめるつもりだ。病院に連れていかれては迷惑だからな」

由美に心配をかけたくない、と言いたいのだろう。見かけによらず、いいやつだ。

そういえば、このユーリに転びかけたのを助けてもらった。

そのいいやつが、胡桃に命令した。

「だから、喫茶店で働いてやる」

「え? さっきもそんなことを言ってたけど、どうしてそうなるのよ?」

「自分で稼げば、由美の金を減らさずに済む」

なるほど。そういうことか。

納得できたが、雇うとなると即答できない。何しろ客のこない赤字の喫茶店である。

胡桃が言葉に詰まっていると、ユーリが殺し文句を口にした。

「おれを雇ってくれたら、一緒に寝てやってもいいぜ。おれを抱かせてやる」

ジゴロの台詞(せりふ)であった。

そんなふうに言われたら平常心ではいられない。ロシアンブルーをモフモフできるチャンスである。

「……とりあえず、おやつでも食べてなさい」

胡桃は猫用の煮干しを渡した。

始まりの終わりとマシュマロ・コーヒー

マシュマロ・コーヒー　Marshmallow Coffee

ブラックコーヒーにマシュマロを浮かべたもの。砂糖を入れずに、マシュマロが溶けかかったときに飲むのがおすすめ。

不良少年に絡まれた一週間後、胡桃は喫茶店にいた。

昨日今日と店を休んでいる。潰れたわけでも投げ出したわけでもなく、リニューアルのための準備中だ。

明日から『くろき』は新しく生まれ変わる。内装も名前もそのままだが、今までとは違う喫茶店になる予定だった。花の承諾もちゃんと得ている。数日前、銀座まで会いにいった。

「猫カフェとは、いいアイディアね」

そう言って賛成してくれた。

有名チェーンでもない喫茶店を繁盛させるためには、他店との差別化――その店にしかない特色が必要だ。普通では店は繁盛しない。みんなと同じでは生き残れない。

猫カフェはそこら中にあるが、この喫茶店は一味も二味も違う。

西欧風のメルヘンな喫茶店で、イケメンの猫三匹と戯れることができる。その上、夜になると猫たちはイケメンに変化する。

ユーリを雇ったことによって、わがままな王子さま系、可愛い癒し系、ぶっきらぼうなワイルド系と揃った。乙女心をくすぐる少女漫画の世界そのものだ。彼らを見慣れた胡桃でさえ、胸がきゅんとする。

ちなみにユーリを雇うと言っても、給料は払わない。ただエサを食べさせる約束になっていた。つまり、猫件費は、月に一万円とかからない。おそらく数千円だろう。

それくらいの経費は取り返せそうな気がする。まげ太の飼い主やユーリにエサをやっていた猫好きの人々が、客になってくれるかもしれない。捕らぬ狸の皮算用と言われようと、胡桃は期待していた。まげ太も張り切っている。

「今日はミーティングでごにゃる」

リニューアルオープンを明日に控え、ユーリを含めたメンバーで打ち合わせをすることになっていた。接客方法や何時まで勤務するかなど決めておく必要がある。黒猫が喫茶店にいないのは、そのためだ。

明日からは由美がユーリを送ってくることになっているが、今日はポウが迎えにいった。迎えにいかなくてもこられるだろうが、初日ということで店長が出向いたのだった。

「きっと繁盛するでごにゃる」

三毛猫が太鼓判を押した。繁盛してもらわなければ困る。仕事と家を同時に失ってしまう。

ポウやまげ太やユーリと出会い、胡桃の人生は変わろうとしていた。いや、変えなければならない。

普通の意味も分からないくせに世間体にとらわれて、ああすればよかった、こうすればよかったと思いながら生きるのは終わりにしよう。胡桃は改めてそう決心した。

ポウとユーリがやってくる前に掃除でもするかと立ち上がりかけたとき、まげ太がぽつりと呟(つぶや)いた。

「お店が評判になったら、ポウどのの飼い主もきっとよろこぶでごにゃる」

胡桃の足が止まった。聞き捨てならない台詞(せりふ)だった。

「ポウの飼い主がよろこぶ？　どういうこと？」

まげ太を問い詰めた。すると、三毛猫が消え入りそうな声で答える。

「聞かにゃかったことにして欲しいでごにゃる……」

「無理。聞いちゃったから」

どこかに逃げようとする三毛猫を抱き上げ、目をまっすぐに見つめながら、同じ質問をもう一度した。

「ポウの飼い主がよろこぶって何？　飼い主のことを知っているの？」

まげ太は隠し事が苦手だ。ポウと違って嘘をつけない性格をしている。恵との一件で、胡桃に恩を感じてもいるようだった。

「ポウどのは飼い猫だったのでごにゃるが、事情があって離れ離れににゃったのでごにゃる」

「事情って何？」

ポウはダンボール箱に入っていた。捨てられたようにしか見えなかった。性格が悪すぎて捨てられたと、半分くらい本気で思っていた。

「事情は事情でごにゃる。一緒にいたくても、いられにゃくにゃることもあるでごにゃる」

返事になっていなかったが、正直者の三毛猫はそれ以上の説明を拒んだ。

「しゃべりすぎたでごにゃる。ポウどのに叱られるでごにゃるにゃ」

反省したように首を竦めた。それでも、胡桃が何も言わずに立ち尽くしていると、いくつかの言葉を付け加えた。

「昔の飼い主もポウどのを心配しているでごにゃる。ポウどのは、自分が幸せだ、と伝えたがっているはずでごにゃる」

ポウと出会ったばかりの記憶が脳裏に蘇った。

〝おれの飼い主になってくれ〟

〝首輪をつけたい〟

わざわざ『黒木ポウ』と表札を出した。

どれもポウのキャラに合っていない。胡桃をからかっているのかと思ったが、そうではなかった。すべては離れ離れになった飼い主へのメッセージだった。

まげ太は恵の幸せを願い、ユーリは由美を守ろうとしている。猫にとって飼い主は大切な存在だ。

ポウは、離れ離れになった飼い主を安心させるため胡桃を利用した。喫茶店を始めたのもきっと昔の飼い主のためだ。胡桃に拾われたのだって、計算ずくだったのかもしれない。

「そういうことだったの……」

胡桃は立ち上がり、エプロンを外した。話を聞いたからには、ここにはいられない。

「く、胡桃どの、どこにいくでごにゃる⁉」

まげ太の呼びかける声が聞こえたが、返事をせず店を飛び出した。

◆

それから二時間後の喫茶店。

三毛猫が平謝りに謝っていた。

「申し訳なかったでごにゃる」

まげ太の前には、黒猫とロシアンブルーがいる。日が沈もうとしているのに、胡桃は帰ってこなかった。

「拙者、余計にゃことを言ったでごにゃる」

「口は災いのもとにゃ」

ユーリがぶっきらぼうな口調で言った。胡桃が飛び出した直後、ポウと一緒に喫茶店に到着したのだが、胡桃がいないのでミーティングにならない。

ポウは何も言わず壁を見ていた。まげ太がいくら謝っても、曖昧(あいまい)にうなずくばかりでまともに口を利かない。胡桃と会った日のことを思い出していた。

ポウがこの店にやってくるまで、ここには店長募集の貼り紙があった。猫の身で店長をやってみようと思ったのは、胡桃と出会ったからだ。大雨の中、胡桃に助けられたのが昨日のことのように思えた。派手に転び、泥まみれになりながら、彼女はポウを抱き上げてくれた。やさしい女性のにおいがした。

やがて太陽が完全に沈み、川越の町に夜がやってきた。だが、まだ胡桃は帰ってこない。さすがに遅すぎる。

「胡桃どのを探しにいってくるでごにゃる」

まげ太が飛び出しかけたときである。ポウとユーリの耳が同時にぴくんと動いた。ロシアンブルーが独り言のように呟く。

「いく必要はにゃいようだ」

嘘ではなかった。ドアベルがカランコロンと音を立て、胡桃が喫茶店に入ってきた。

思い詰めたような顔をしている。ただいまも言わず、こっちに歩いてきた。ポウの顔をじっと見つめている。

さよならを言いにきたのだろうか。猫を捨てるとき、こんな表情をする人間もいる。昔の飼い主と胡桃の姿が重なって見えた。

ポウは覚悟したが、胡桃の口から飛び出したのは別の言葉だった。

「これ……」

胡桃が紙袋を差し出した。池袋(いけぶくろ)にある大きな百貨店の紙袋だ。都会のにおいがした。

「それはにゃんだ？」

「買ってきたの」

紙袋から首輪を取り出した。高そうな赤い革の首輪だった。言い訳するように、胡桃が付け加える。

「首輪を買ってくれって言ってたでしょ」

◆

胡桃は眉間（みけん）にしわを寄せた。思い詰めた顔をしていたのは、ポウに腹を立てているからではなく、財布の中身を思い浮かべてしまったからだ。

お金もないのに首輪を買ってしまった。本革で、胡桃の着ている服より高かった。現金で買ったので、財布の中身が限りなく〇（ゼロ）に近くなった。銀行口座の残高は考えたくない。

買わないという選択肢もあったし、もっと安い首輪を買うという選択肢もあった。例えば百円ショップでも売っている。実際、駅前にある百円ショップに見にいった。安い首輪は気に入らなかった。百円ショップの首輪は可愛らしいが、遠くから見ても安物と分かる。百円なのだから当たり前だが。

それに比べて、この首輪は鮮やかな赤なのに品がいい。王子さま顔の黒猫には赤い首輪が似合う。遠くから見ても、首輪をしているとはっきり分かるはずだ。

この首輪をすれば、完全に飼い猫に見える。安物の首輪ではないことだって、たぶん分かるだろう。

ポウの飼い主が、どこに住んでいるかなんて知らない。ただ、どこかで見ている可能性はあった。ポウの捨てられていた新河岸川は、ここから歩いていける距離にあるのだから。

ポウに利用されたと知って、ショックを受けなかったと言えば嘘になる。だけど、黒猫に騙されたとは思っていない。

リストラされても人生は続く。生きているかぎり逃げることはできない。それなら、幸せな明日を信じて生きていこうと思った。

そのためには、まず自分を信じることから始めよう。この喫茶店と仲間たちを信じよう。

「だから、これ。ポウにあげる」

赤い首輪を黒猫の前に差し出した。時間をかけて選び、財布の中身をはたいて買った首輪だ。

だが、ポウは動かない。赤い首輪を受け取ろうとしなかった。じっと座っている。

「どうしたの？　つけないの？」

「胡桃はバカにゃ」

おれのために無理をしやがって――的な台詞かと思ったが、違った。

「猫は物を持てにゃいにゃ」

そうだった。今のポウは猫の姿をしている。猫の肉球は首輪をつかむようにはできていない。

その傍らで、まげ太とユーリが言葉を交わし始めた。

「ポウどのは照れてるでごにゃるにゃ」

「照れる？　猫が首輪をつけるのを照れるにゃか」

「うれしすぎて照れてるでごにゃる」

「うれしいにゃら素直にもらえばいいにゃ」

「ポウどのはツンドラにゃのでごにゃるよ」

「ツンドラ？　あいつは凍結してるにゃか？」

「カチンコチンでごにゃる」

「変わった猫だにゃ」

猫だけあって、いろいろとずれている。まげ太だけでなくユーリも天然キャラだったのか。胡桃一人では突っ込み切れない。突っ込み要員が不足している。

「それはツンドラじゃなくて——」

それでも果敢に突っ込もうと二匹を見たその瞬間、突然人間の声に話しかけられた。

「その首輪をつけてくれ」

はっと顔を上げると、黒猫が王子さまになっていた。少女漫画から抜け出してきたようなルックスだが、視線を下ろすと、青少年に禁止されている映像になる。見てはいけないナニかがあった。

「ど、ど……どうして裸になるのよ？」

　立ちくらみをおぼえながら質問した。ポウは何も着ていなかった。丸裸で胡桃と向き合い、直立不動の姿勢を取っている。

「裸になったおぼえはない。朝からずっと同じ恰好のままだ」

　ポウが不本意そうに答えた。

「拙者も裸でごにゃる」

「当たり前にゃ」

　三毛猫とロシアンブルーが主張した。当たり前と言われれば当たり前のことだ。たいていの猫は服を着ていない。ペット用の衣服を着せられていないかぎり、丸裸で生活している。

　つまり、胡桃は全裸のイケメン三人――いや、三匹に囲まれていることになる。ナニこれと考えてはいけないことを想像し赤面していると、ポウが真顔で近づいてきた。それを見て、三毛猫とロシアンブルーが再び囁き合う。

「抱き締めるつもりでごにゃるよ」

「ふん。発情期にゃか」

　とんでもない発言であった。

抱き締める？

全裸で？

しかも発情期？

ちょっと待て。

待て待て待て。待って欲しい。

いきなり全裸で発情期ハグはハードルが高すぎる。心の準備ができていな——いや、
心の準備とかじゃなくて。

逃げるべきか、なすがままに抱き締められるべきか。混乱する胡桃の耳に、王子さまの声が届いた。

「首輪をつけてくれ」

真面目な顔でそう言った。胡桃を抱き締めにきたのではなかった。

肩透かしを食わされた気もしたが、とりあえず異存はない。だが問題があった。

「触っちゃダメなんでしょ？」

猫に戻ってしまう。

「おまえにだったら触られてもいい。胡桃に首輪をつけられたいんだ」

すごい台詞が飛んできた。破壊力がありすぎる。頭の中が真っ白になった。思考停止状態のまま、視線を下に向けないように気をつけうなずいた。

「は……はい。それじゃあ……」

見つめ合う姿勢で、肌に手が触れないように首輪をつけてやった。猫の首輪のはずなのに、人間になったポウの首にも回った。ぴったりだった。

「似合うか？」

「ま……まあ……」

そう答えるのがやっとだった。王子さま顔のイケメンが、赤い首輪をつけて目の前に立っている。しかも全裸だ。手を伸ばせば届くところに、白い肌があった。

ロマンティックなことをしているような、やってはいけないことをしてしまったような、微妙な気分である。

「いい話でごにゃる」

「ふん。……まあにゃ」

まげ太とユーリが感動している。

そうか。

これはいい話だったのか。

知らなかった。

世の中には、胡桃の知らないことがたくさんある。三匹の猫を見て胡桃は小さくため息をついたが、悪い気持ちではなかった。

不覚にも涙がこぼれそうになった。ずっと欲しかったものを見つけた気分だった。自分の居場所と仲間たち。

泣きそうなのを誤魔化そうと、窓の外に目をやった。川越の夜空に星が輝いている。星の光が地球に届くまでには時間がかかる。何十年、何百年、何千年と旅をしてようやく届いた光だ。出版社で働いていたころは、星を見る余裕なんてなかった。

ポウが仲間に話しかける。

「首輪の礼にコーヒーを淹れてやる。まげ太とユーリも飲むといい」

「ありがたいでござる」

「飲んでやる。さっさと出せ」

三毛猫とロシアンブルーが答えたが、猫の言葉ではなかった。振り返ると、裸のイケメンが増えていた。お約束のように胡桃が悲鳴を上げ、猫たちが服を着た。それからポウがコーヒーを淹れてくれた。

「マシュマロ・コーヒーだ」

黒いコーヒーに白いマシュマロが浮かんでいた。

美味しそうな香りに誘われ、胡桃はそれを飲んだ。溶けかけたマシュマロが甘かった。ふわふわした食感がやさしく心地いい。

「絶品でござるな」

「ふん。子供の飲み物だ。だが、まあ悪くない。もう一杯飲んでやる」

まげ太がよろこび、ユーリが鼻を鳴らした。

「おれの淹れたコーヒーが旨（うま）いのは当然だ」

謙遜（けんそん）という言葉を知らないポウが答えた。赤い首輪が巻かれている。

喫茶店も、人生も、これからだ。

了

本書は書き下ろしです。
この作品はフィクションです。実在の人物、団体等とは
一切関係ありません。

黒猫王子の喫茶店

お客様は猫様です

高橋由太

平成29年 4月25日　初版発行

発行者●郡司 聡

発行●株式会社KADOKAWA
〒102-8177　東京都千代田区富士見2-13-3
電話 0570-002-301（ナビダイヤル）

角川文庫 20307

印刷所●旭印刷株式会社　製本所●株式会社ビルディング・ブックセンター

表紙画●和田三造

ISBN978-4-04-105578-6　C0193

角川文庫発刊に際して

角川源義

第二次世界大戦の敗北は、軍事力の敗北であった以上に、私たちの若い文化力の敗退であった。私たちの文化が戦争に対して如何に無力であり、単なるあだ花に過ぎなかったかを、私たちは身を以て体験し痛感した。西洋近代文化の摂取にとって、明治以後八十年の歳月は決して短かすぎたとは言えない。にもかかわらず、近代文化の伝統を確立し、自由な批判と柔軟な良識に富む文化層として自らを形成することに私たちは失敗して来た。そしてこれは、各層への文化の普及滲透を任務とする出版人の責任でもあった。

一九四五年以来、私たちは再び振出しに戻り、第一歩から踏み出すことを余儀なくされた。これは大きな不幸ではあるが、反面、これまでの混沌・未熟・歪曲の中にあった我が国の文化に秩序と確たる基礎を齎らすためには絶好の機会でもある。角川書店は、このような祖国の文化的危機にあたり、微力をも顧みず再建の礎石たるべき抱負と決意とをもって出発したが、ここに創立以来の念願を果すべく角川文庫を発刊する。これまで刊行されたあらゆる全集叢書文庫類の長所と短所とを検討し、古今東西の不朽の典籍を、良心的編集のもとに、廉価に、そして書架にふさわしい美本として、多くのひとびとに提供しようとする。しかし私たちは徒らに百科全書的な知識のジレッタントを作ることを目的とせず、あくまで祖国の文化に秩序と再建への道を示し、この文庫を角川書店の栄ある事業として、今後永久に継続発展せしめ、学芸と教養との殿堂として大成せんことを期したい。多くの読書子の愛情ある忠言と支持とによって、この希望と抱負とを完遂せしめられんことを願う。

一九四九年五月三日

ISBN 978-4-04-103568-9

ISBN 978-4-04-101275-8

わが家は祇園(まち)の拝み屋さん4

椿の花が落ちるころ

望月麻衣

冬の京都で小春と澪人の関係に変化が——!?

京都でお正月を迎えた小春は、吉乃や宗次朗とともに、澪人の実家である賀茂家の新年会に行くことに。そこで小春は今まで見てきた不思議な夢の意味を知り、様々な巡り合わせの上に「今」があることに気付く。また、謎の「祓い屋」が手当たり次第に京の妖(あやかし)を祓っていると耳にし、小春は嫌な予感を覚えていた。祓い屋の正体は不明なまま新学期が始まり、小春はバレンタインに澪人に告白すると決めるが!? 運命の歯車が動き出す第4巻!

角川文庫のキャラクター文芸

ISBN 978-4-04-104983-9

下町アパートのふしぎ管理人

大城 密

下町のふしぎな事件は彼女にお任せ！

浅草にある古びたアパート《メゾン・シグレ》。管理人は意外にも若い女性で、ちゃきちゃきの下町っ子だ。情に厚く威勢がよい、そして霊能力者だというから変わっている。その力は祖母譲りらしく、代々町の相談役をしているという。彼女が関わる事件は奇妙なものばかり。だがその裏には様々な人情が交錯し、ちょっぴり切なく、そしてあたたかい。彼女は生来のまっすぐさで、人助けに奔走するのだった。下町のふしぎな物語。

角川文庫のキャラクター文芸

ISBN 978-4-04-105058-3

懐かしい食堂あります

谷村さんちは大家族

似鳥航一

このあたたかい家族に涙してください

東京は下町。昭和の雰囲気が残る三ノ輪に、評判の食堂がある。そこはいま大騒動の最中だった。隠し子騒動で三代目の長男が失踪。五人兄弟の次男、柊一が急きょ店を継ぐことになったのだ。近所でも器量よしと評判の兄弟だが、中身は別。家族の危機にてんやわんやの大騒ぎ。だが柊一の料理が大事なものを思いださせてくれる。それは、家族の絆。ときに涙し、ときに笑う。おいしくて、あったかい。そんな、懐かしい食堂あります。

角川文庫のキャラクター文芸

ISBN 978-4-04-105059-0